敏腕弁護士との政略結婚事情
～遅ればせながら、溺愛開始といきましょう～

水守恵蓮

STARTS
スターツ出版株式会社

目次

特別書き下ろし番外編

敏腕弁護士との政略結婚事情
～遅ればせながら、溺愛開始といきましょう～

完全極秘の結婚密談

九月中旬、週末を迎える金曜日の夜。

自宅である赤坂のタワーマンションに帰り着いた時、須藤櫂斗の左手首の腕時計は、午後八時を示していた。

帰り際、部下たちから急ぎの報告を受けていたため、約束より一時間も遅い帰宅になってしまった。

広いグランドエントランスを足早に通り抜け、居住フロアに直結のエレベーターに乗り込む。箱が上昇し始め、わずかな浮遊感を覚えた。

ここで焦っても仕方ないとわかっていても、ジリジリして階数表示を睨んでしまう。

（葵は滅多なことじゃ怒らないけど、さすがに今日は……）

結婚してもうすぐ三年になる妻の葵は、もともと櫂斗が所長を務める法律事務所の事務員で、同僚だった。二年前に亡くなった前所長の娘でもあり、彼が多忙なこともよくわかっている。

しかし、今夜の約束は、だいぶ前からのものだ。今朝、家を出る時にも、『早く帰ってきてくださいね』と念を押されている。

――多分……マズい。

二十五階に着いてエレベーターのドアが両側に開くと、燿斗は弾かれたようにホールに飛び出した。

大きな歩幅で、弾むように通路を走り――。

「葵、ごめん！　遅くなった！」

ドアを開けると同時に、玄関先から呼びかけた。

だが、室内から応答はない。

廊下の突き当たりのリビングダイニングは、煌々と電気が灯っているが、物音はせず、凪いだ水面のように静まり返っている。

それが、温和な妻の、静かな怒りの表れのような気がして――。

脱いだ靴を揃える余裕もなく、乱雑に蹴散らし、奥へと急ぐ。

「葵っ……！」

リビングダイニングに飛び込んで、燿斗はぐるっと室内を見回した。

ダイニングテーブルには、いつもよりかなり豪華なディナーが、美しく並べられている。

しかし、そこに葵の姿はない。

「葵？　どこだ」

ふ、と眉根を寄せてリビングの方を振り返り、ギクッと身を強張らせた。

ソファの陰に、スリッパが脱げかけた白い足が覗いて見える。

「っ……葵っ⁉」

瞬時に、倒れている、と思い、櫂斗は反射的に駆け出した。

けれど、ソファの前まで来てピタリと足を止め、

「……はは」

目尻を下げて苦笑した。

「驚かせるなよ……」

ザッと前髪をかき上げ、ホッと吐息を漏らす。

葵は、毛足の長いふわふわのラグマットの上に横たわり、スースーと寝息を立てて眠っていた。

「ただいま。遅くなってごめん。……葵」

声をかけながら、彼女の傍らに片膝をつく。

横顔にかかる髪を除けてやると、「ん……」と微かな反応があった。

無意識下でも、〝守る〟という潜在意識が働いているのか、腕に力を込めて身体を丸める。

それを見て、燿斗は目元を緩めた。

彼女が胸元に抱えているのは、愛しい我が子だ。

今日は、一歳の誕生日。もうずっと前から、家族揃ってバースデーパーティーをすると、約束していた。

葵は、パーティーの準備を整え、燿斗の帰りを待って子供と遊んでいるうちに、疲れて一緒に眠ってしまった……まさにそんな光景。

燿斗は、思わず、「ふっ」と吐息を漏らして微笑んだ。

毎日多忙な彼を支えるために、彼女は産休の時期を迎えると同時に、仕事を辞めた。

今は専業主婦として、燿斗がいない間、子を、家を守ってくれている。

それまで外で働いていた時間が空いたからといって、子育てに家事……その疲労は半端じゃないことは、彼ももちろんわかっている。

よく寝ている。このまま起こさず、それぞれベッドに運ぶべきか？と考えながら、辺りに視線を走らせると、サイドボードの上に飾ってある、大きなフォトフレームが目に留まった。

何枚かの写真を集めて作ったコラージュだ。

いつも目にしているのに、今なんとなく気を惹かれて、ゆっくりと腰を上げる。

サイドボードの前まで歩いていって、フォトフレームを手に取った。

結婚してからの三年間で、撮影した写真だ。

一番古いのは、まだ義父が存命だった頃、入院先の病院を見舞った時、三人で撮ったもの。

一年半前に挙げた結婚式の写真では、葵は楚々とした白無垢を纏っている。写真ではほとんどわからないが、この時彼女は妊娠六カ月。ちょうど安定期に入った頃だ。

そして、真ん中を大きく飾るのは、子供が生まれて一カ月、初めてのお宮参りの写真だ。

三人揃って和服に身を包み、子供に顔を寄せて微笑んでいる。櫂斗と葵が共に気に入っている、幸せな家族写真――。

コラージュの中で笑みを浮かべる自分につられて、櫂斗は無自覚のうちに顔を綻ばせていた。

と、その時。

「……櫂斗、さん?」

背後からやや寝ぼけた声が聞こえて、ハッとして振り返った。

「お帰りなさい」

目を覚ました葵が、目元を手で擦(こす)って、むくりと身体を起こす。

「ただいま。ごめん、遅くなって」

櫂斗はフォトフレームをサイドボードに置き、彼女のそばに戻った。

葵が、「ん」と、短い返事をくれる。

「今夜は、翼(つばさ)がやけに元気で。『パパ、パパ』って大騒ぎだったんです。すぐ掴(つか)まり立ちするし、目が離せなくて。最後は、はしゃぎ疲れちゃったみたいで……」

そう言いながら、子供を抱えてゆっくりと立ち上がった。

櫂斗は彼女の腕から、我が子を受け取った。ポカンと口を開けたあどけない寝顔を、そっと覗き込む。

「翼。ごめんな、待たせて」

穏やかな眠りを妨げないよう、軽く揺すりながらコソッと声をかける彼を、葵がジッと見上げている。

「……なに？」

視線を感じて、櫂斗が顎を引いて目線を下げると、「いいえ」と首を横に振った。

「一歳です。……幸せですね」

慈愛に満ちた聖母のように微笑み、彼の腕の中の子供の頬を、指の関節でくすぐる。

「……ああ」

胸にじんわりと広がる、優しく心地よい、温かい想い。

彼女が言う幸せを噛みしめ、燿斗は短く返事をした。

「翼は、今夜はこのままお休みかな。プレゼントは、明日、ふたりで渡そうか。今日の分も、朝からたくさん遊んであげよう」

子供を抱いて、寝室に向かう。その後から、葵も中までついてきた。

夫婦のダブルベッドの傍らに置いた小さなベビーベッドに、軽く腰を折って子供を寝かせる。

すやすやと眠る我が子を、ふたり並んで眺めた。

「誕生日のお祝いは、明日、改めてしよう」

燿斗がそう提案すると、彼女も目を細めて「はい」と同意してくれる。

そして、ベビーベッドに視線を落とした。

燿斗は、妻の柔らかく穏やかな横顔を、ジッと見つめる。

「私たちは、食事にしましょう、燿斗さん」

葵は、子供の掛け物を少し直してから、櫂斗を見上げてにっこりと笑いかけた。

「そうだな。……その前に、葵」

先に寝室のドアに向かおうとする彼女の肘を引いて、サッと背を屈めた。

大きく目を見開いた葵の唇に、掠めるようなキスをする。

「！」

少し離した唇の先で、小さく息をのむ気配を感じながら……。

「それじゃ、夕食いただこうか」

櫂斗は悪戯っぽく目元を和らげ、彼女の背をポンと叩いて促した。

「も、もう……」

葵はポッと頬を赤らめ、なじるように呟いた。けれど、すぐ、甘えるように寄りかかってくる。

櫂斗はふっと吐息混じりの笑い声を漏らして、彼女の肩に腕を回した。

ふたり、寄り添い合って、寝室を後にする。

（親子三人の生活。幸せだ、本当に）

しかし――。

ふたりの始まりは決して穏やかではなく、結婚生活も順調ではなかった。

始まりは、今からちょうど三年前。夕方になると、吹きつける風がだいぶ涼しく感じられるようになった、九月下旬のこと――。

東京（とうきょう）・永田町（ながたちょう）の官公庁街。

古めかしく重厚な庁舎が多く建ち並ぶ中、ひときわ威厳と品格を放つ、特徴的な外観をした石造りの建物。それが、日本における司法府の最高機関、最高裁判所だ。

西の空がオレンジに染まり、今、その豪壮な正面玄関から、スーツ姿の男女ふたりが姿を現した。

「須藤先生。改めて、勝訴、おめでとうございます！」

すっきりとしたショートボブヘアの女性が、百八十センチ近い長身の櫂斗を見上げて、弾んだ声をかけた。

「ありがとうございます」

祝辞を述べられても、彼は眉ひとつ動かさない。丁寧にお礼だけ言って、まっすぐ前を向いたまま玄関前の階段を下りる。

癖（くせ）のないさらりとした黒髪。少し右寄りで分けた前髪は、ギリギリで目元を掠める長さがある。

男らしい眉は、やや上がり気味。鋭く刺すような目力を放つ黒い瞳は、普段から大きく動くことはない。

端整で、ほとんど感情を滲ませることのない、涼しげな顔立ち。寸分の隙もない、整ったルックス。

仕立てのいい高級な黒いスーツの襟元には、わずかに金メッキが剥げた、向日葵を象った弁護士徽章がつけられている。

櫂斗はつい一時間ほど前まで、被告側弁護士として最高裁の大法廷に立ち、熱い弁論を振るっていた。

隣を歩く女性は、彦田聖子。

櫂斗のアシスタントとして同行した、二十八歳のパラリーガル。

ふたりとも、都内でも有数の大手事務所『三田村総合法律事務所』の所員だ。

先ほど結審した、医療過誤訴訟の上告審で、華麗なる勝訴を収めたばかり——。

聖子は、スマホで事務所に電話を入れていた。

「所長！　お疲れ様です、彦田です。無事、勝訴しました！」

所長に報告をする彼女の声は上擦り、弾んでいる。

「はい。はい……ありがとうございます。では、今日は私も須藤先生も、このまま失礼します」

電話を切り、スマホを大きな黒いショルダーバッグにしまいながら、ウキウキした様子で擢斗を見上げた。

「所長から、『おめでとう、お疲れ様です。今日はゆっくり休んでください』とのお言葉でした」

「そうですか。報告、ご苦労様です」

所長から労われる殊勲者だというのに、擢斗は、特段表情を変えない。

法廷で予期せぬ事態に直面しても、いつもクールで動じない。

まだ三十歳と若いが、堂々とした弁論は常にブレることなく安定していて、依頼人に絶対的な安心感を与える。

もちろん、腕も確か。彼には、日々、名指しでの弁護の依頼が絶えない。

名実ともに、所内きっての花形弁護士だ。

「先生、あの……」

悠然と階段を下りる彼の横顔を、窺うように見ていた聖子が、そっと呼びかけた。

擢斗は彼女に横目を向けて、ピクリと眉尻を上げるだけで応じる。

「よかったら、この後夕食に行きませんか。今日の勝訴、一年半の弁護活動の集大成です。お祝いと慰労会も兼ねて……」

三十分ほど前まで、ここには多くの報道陣が群がっていた。

しかし、被告側勝訴の第一報を手にした記者たちは、一刻も早く記事にするために踵を返し、あっという間に霧散した後だ。今はまったく人気がない。

それでも聖子は、意味もなく辺りを気にして目を走らせ、声を潜めてコソッと誘いかける。

櫂斗は心の中で溜め息をつき、彼女の言葉の途中で、スーツの左袖を摘んだ。

海外の高級ブランド腕時計を覗かせ、黒いフェイスに目を落とす。

「申し訳ありませんが……」

彼がそう言いかけた時、上着のポケットに入れてあったスマホに着信があった。

機械的な電子音と共に、軽くバイブするそれを手に取り、「もしもし」と応答する。

《お疲れ様です。三田村総合法律事務所の三田村です》

櫂斗の耳に、落ち着いた柔らかい女性の声が届いた。普段から事務所で耳にして、聞き慣れている事務員の声だ。わざわざ名乗らなくても、誰だかわかる。

「お疲れ様です、三田村さん。なにか？」

櫂斗がそう言うのを聞いて、電話の相手が〝所長の娘〟だと察したのだろう。誘っている途中で邪魔が入ったからか、聖子が身構える気配がした。なぜか息を殺している のを、空気の振動が教えてくれる。

もちろん、電話の向こうの相手に、そんなものは伝わらない。

《あの……裁判が終わったばかりでお疲れのところ、大変恐縮です。所長が、お話ししたいことがある、と言っておりまして》

「え？」

たった今、アシスタントに直帰を許可した所長が自分になんの用だ？と、首を捻る。

もしや行き違いではと思ったが、今はむしろ好都合だ。

「わかりました。すぐに戻ります」

どこまでも申し訳なさそうな声に淡々と答えると、相手の返答を待たずに、電話を切った。

「すみませんが、僕には事務所に戻る用ができました。ここで解散しましょう」

ひどくがっかりした顔の聖子を気にせず、上着のポケットにスマホを捩じ込む。

「君は、ゆっくり休んでください。お疲れ様でした」

「あ、須藤せんせ……」

彼女の声を振り切るように、颯爽と階段を下り、大通りに出ていった。

耀斗は永田町駅から半蔵門線に乗り、大手町の駅で降りた。

帰宅のピークにはまだ早い、オフィス街の広い歩道を闊歩して、近代的な外観の高層インテリジェントビルに入る。

このビルの三十階に、彼がアソシエイト弁護士として勤める、三田村総合法律事務所のオフィスがある。

フロアに降り立つと、受付の女性から「お帰りなさい」と声をかけられた。

それには軽く応じながら、彼は自分の執務室ではなく、まっすぐ所長室に足を向けた。

「あ。お帰りなさい！」

一面ガラス張りで、開放的な事務室前の廊下を通り過ぎようとした時、中から先ほどの電話の女性の声が聞こえた。

耀斗が条件反射で振り返ると、後方のドア口に華奢な女性が姿を見せた。

見た目にも清楚な、紺色のセットアップという姿だ。すっきりした丸襟のジャケットに、膝頭がギリギリで隠れる長さのタイトスカート。控えめな薄いピンクのネッカチーフを美しく結んでいるのも、育ちのよさを物語っている。

黒というより、こげ茶色に近い長い髪はふんわりしていて、毛先が胸元で揺れている。

目尻が下がった、丸い大きな二重目蓋(まぶた)の目。それほど高さはないものの、形のいい鼻。大人しい性格を表す小さな口。

華やかさはないが、品があり整った顔立ちの事務員は、この法律事務所の所長の娘、三田村葵だ。

「あの、須藤先生。勝訴、おめでとうございま……」

「ありがとうございます。所長は、ご在室ですか？」

ここでも向けられる祝辞を、彼は質問で淡々と遮った。

「あ、はい」

葵は弾かれたように、シャキッと背筋を伸ばす。

ふわりと髪を揺らして、後方にある所長室を振り返った。

「先生のお戻りを、先ほどからお待ちです。……その、人払いをしてまで」

どこか訝(いぶか)しげに目線を彷徨(さまよ)わせるのを見て、櫂斗もほんのわずかに眉根を寄せた。

「人払い？」

語尾が上がったが、彼女に問いかけたわけではない。

（一年半がかりの裁判が終わったタイミングで、わざわざ俺だけ呼び戻して人払い……？）

なにか、トップシークレット級の話題が待ち構えているのは、想像に難くない。

「すみません。お疲れのところ……」

葵は、彼の疑問を見抜いた様子はなく、ただ恐縮しきって肩を縮めている。

そんな彼女に目線を下ろし、櫂斗は小さな吐息を漏らした。

「構いません。じゃあ、行ってきます」

「あ」

なにか言いたげに顔を上げた彼女の横を、ふいっと通り過ぎる。

彼女の視線を背に受けたまま、所長室の前に立った。

らしくなく、やや緊張感を覚えながら、

「所長、須藤です。ただいま戻りました」

冷静を装い、コツコツと、二度ドアをノックする。

「待ってたよ。入ってくれ」

還暦をとうに過ぎた、所長の声が返ってきた。その声を聞くだけで、自然と背筋が伸びる。

所長である三田村は、東京で働く弁護士なら知らない者はいないほど、有名な弁護士だ。世間でもよく知られている大事件で、何度も国選弁護人に選任され、今は東京弁護士会の理事を務めている。

耀斗がこの法律事務所に入職したのも、所長のもとで経験を積みたい一心からだった。

ドア口で一礼して室内に入ると、すぐにソファを勧められた。

目礼して腰を下ろす彼に、所長は事務員を呼ぶことなく、自らコーヒーを振る舞う。本当に、厳重に人払いしているようだ。

「ありがとうございます」

努めて事務的に礼を言いながら、耀斗は対面に座った所長を上目遣いに探る。それを意識してか、所長がわずかに口角を上げた。

「直帰でいいと言っておいて、すまなかったな。彦田君と、お祝いにディナーに行こうなんて話してたかな？」

直球で憚(はばか)りもしない質問に、耀斗は苦笑する。

「所長。なにを勘繰(かんぐ)ってらっしゃるんですか」

「所内の方々で耳にするんだよ。君と彦田君の噂(うわさ)。須藤君、いつも彼女をアシスタントにするしねえ」

　いやらしく探りを入れられ、ひくりと頬を引きつらせた。

「アシスタントなんて、誰でも構わない。彼女が毎回志願してくれるだけで、僕が指名したことは一度もありません」

「須藤君は、来る者拒まず……というタイプの男か」

「……所長」

　やや憮然として、櫂斗は所長に視線を返した。

　聖子が積極的なせいで、所内で噂されているのは知っている。

　本当にどうでもいいから放っておいたが、まさか所長から話題にされるとは……。

「ご存じでしょう、僕が何件の訴訟を抱えているか。裁判に勝ったくらいで、一パラリーガルと、浮かれてお祝いする余裕などありません」

　所内のくだらない噂を真に受けてはいないだろうが、狡猾にからかってきた所長への棘を込める。

　櫂斗が意図的に不遜に出たのが満足だったようで、初老の所長は、「ふん」とほくそ笑んだ。

「そうだったな。本当に、この事務所がここまで大きくなったのも、君の力があってこそだ」

「……恐縮です」

上司であり恩師でもある所長の手放しの称賛にも、櫂斗はサッと警戒心を走らせた。

今日結審した医療過誤の上告審は、この事務所が抱える多数の訴訟案件の中でも、最重要事案だった。

しかし、そもそも櫂斗は、勝訴したからといって浮かれる弁護士ではない。

T大法学部在学中に司法試験に合格し、三十歳という若さで、すでに十年の経歴を持つ、エリート中のエリート弁護士。

得意としている医療訴訟だけではなく、企業裁判でも刑事事件でも、オールマイティーにこなせる彼が、この程度で労われるわけにいかない。

「それで、所長。彦田さんを直帰させて、僕だけ呼び戻した。人払いをしてまでのお話とは、いったいなんでしょう？」

テーブルからカップを取り、コーヒーをひと口啜った。

「なにも本気で、僕の交友関係を暴きたいわけではない……でしょう？」

このまま所長のペースに合わせていては、足をすくわれる。

櫂斗は慎重に、しかしズバリと切り出し、所長に本題を促した。

所長も、コーヒーをひと口含んでから、

「須藤君」

鷹揚に足を組み上げた。

「君はまだ若いが、弁護士としての資質を、私は高く評価している」

「……ありがとうございます」

口では礼を言いながらも、櫂斗はふっと眉間の皺を深めた。

職業柄、相手の顔色や表情の変化から、心を読むのは得意だ。

しかし今対面しているのは、弁護士としても人間としても、大きく櫂斗の上を行く男。彼自身が、師と仰いだ人間だ。

所長がなにを言わんとしているか、読心するのは容易ではない。

「所長。どんなご用件でしょうか」

心理戦で勝つのは諦めて、彼は真っ向から質問をぶつけた。

それには、やはり、まったく読めない薄い笑みが返ってくる。

「須藤君は、医療訴訟を多く手掛けているから、医師でなくても、診断書を読むのはお手のものかな」

所長は、彼が焦れているのを見透かしながら、飄々とうそぶき、ソファを軋ませて立ち上がる。

櫂斗が目で追う中、重厚な作りの執務机に回って、そこから封筒を取り出した。

再び対面に戻ってくると、テーブル越しに無言で差し出してくる。

「……これは？」

櫂斗は訝しげに封筒を手に取り、短く問いかけた。

しかし、返事はない。黙って顎を動かし、中を改めるよう促されるだけ。

櫂斗も無言で溜め息をつき、封筒の中身を取り出した。

カサッと音を立てて、書類を開く。

そして。

「っ……」

思わず息をのみ、一瞬言葉を失った。

手にしたのは、これまで手掛けた案件で、見慣れたと言っていい診断書だ。

彼の反応を一から十まで観察していた所長が、わずかに口角を上げる。

「わかるか？　私はもう、この先長くはない」

言われなくても、そこに記されている数値を見れば、よくわかる。

「膵臓癌……所長が？」

櫂斗は呆然と呟き、診断書から目を上げた。

まっすぐ視線を向けると、所長はどこか自嘲的な笑みを浮かべる。

「もはや、手の施しようがないそうだ。もって、あと半年……」

返された言葉に、櫂斗はきゅっと唇を噛んだ。

膵臓癌……胃の奥深いところにある臓器のため、異常の発見が難しい。

それ故、〝サイレントキラー〟とも言われる難治癌だ。

自覚症状がほとんど現れず、発見された時には、かなり進行していることが多い。

所長も、すでにステージ4という診断。

いわゆる、末期癌だ。

さすがに櫂斗もなんと言っていいかわからず、絶句した。

けれど所長は、残り少ない命を嘆くではなく、真正面から彼を見据える。

「これまで、十分幸せに生きてきた。癌宣告で、この人生にゴールが定められたが、心残りは、大事なものを遺して先に逝かねばならないこと。それだけだ」

余命半年の癌宣告を受けた患者にしては、とても穏やかな口調。

「お気持ち、お察しします」

櫂斗は沈痛に顔を歪めて、目線を上げた。

目が合うのを待っていたかのように、所長が眉尻を下げる。

「私の、心残り。君には言わずともわかるだろう？　この人生で私が心血注いで大事にしてきたもの」

一語一語、区切るようにゆっくりと問われ、櫂斗はこくりと頷いた。

言われずとも、わかる。

所長の人生は、仕事……つまりこの事務所と、娘の葵を中心に回っていた。

この事務所は所長がひとりで起ち上げていて、共同経営者であるパートナー弁護士はいない。

櫂斗よりはるかに年上で経験豊富な弁護士は他に何人もいるが、彼自身、その誰よりも所長からの信頼は厚いと自負している。

「須藤君。私は君に、その両方を託したい」

――事務所を託す。

その意味は、深く考えなくても、理解するのは容易い。

所長は、弁護士引退を決意した今、櫂斗を後継者に指名した。

そこに驚きはない。

しかし――。

「両方って……」

後継者に指名されただけではないことに困惑が強く、無自覚のうちに声に出して聞き返してしまった。

「待ってください。それは、いったいどういう……」

「この世に遺す未練を、別々の人間に分けたくないんだよ。両方とも、信頼できる人間に一任したい。おかしいか？」

所長が、まるで値踏みするような目で、自分がどう反応するか観察してくるから、グッと声をのむ。

「僕は、葵さんを妻に娶って、事務所を継ぐ。……そういう解釈で、正しいですか」

まずもって、〝所長が心血を注いだもの〟の解釈が間違っている可能性もある。

櫂斗は言葉を選びながら、慎重に訊ねた。

「ああ」と首を縦に振って返され、ごくりと喉を鳴らす。

（だから、所内での噂を聞き留めて、俺の交友関係なんかを探ったりしたのか）

視線を横に逸らして逡巡する彼に、所長が身を乗り出してくる。

「事務所だけならともかく。信頼できる部下とはいえ、他に女がいるようでは、大事な娘を任せられない」

心の奥底を見透かす視線の前で、櫂斗はギュッと唇を結んだ。

「だが、ただの噂なら問題ない。それとも、事務所の外に大事な女がいるか？」

「……いません。そんなもの」

「ならば、真剣に考えてみてくれないか」

所長の目を見つめ返したものの、そこにどんな真意があるのか、彼には見出すことができなかった。


所長との話を終えて退室すると、櫂斗はしっかりと閉ざしたドアに背を預けた。

軽く天井を見上げて、ハッと短く浅い息を吐く。

（この事務所と、三田村さんを……）

背にしたドアの向こうで所長の話を聞いていた時は、裏がわからない分、どこか他人事（ひとごと）のような感覚を拭えずにいた。

だが今は、確かな高揚感が湧き上がってくる。

所長が『君の人生にかかわることだ。慎重に考えて答えを出してくれ』と言ったから、それに合わせて『少しだけ考える時間をください』と答えた。

しかし彼は、自分が置かれた状況とこの後の未来を、リアルに脳裏に描いていた。

所長は、今抱えている仕事が片付き次第、引退すると言った。患っている膵臓癌はもう手の施しようもないが、ペインケアを受けるために入院加療するそうだ。

そうなると、燿斗がこの事務所の所長の座に就くのは、早ければもうほんの一カ月後ということになる。

その時、彼の隣には、所長の娘の葵が妻として寄り添っている――。

「………」

口元を手で覆い、無意識に眉間に皺を刻みながら、目線を横に流して思案する。

――と、その時。

「須藤先生」

名を呼ばれ、ハッとして顔を上げた。

「っ……」

まさに脳裏に描いていた女性を目にして、燿斗は短く息をのむ。

「お疲れ様でした。あの……所長とのお話は終わったんですか?」

仕事を終えて退勤するところといった様子で、肩にバッグを提げた葵がそこに立っていた。

少なからず、自分の父親が彼となにを話していたか気になるようで、ぎこちなく首を傾（かし）げている。

「ええ……」

　彼女は、この話を知っているのだろうか？

　口をついて出かけた質問を、櫂斗はグッとのみ込む。

　知っていたら、こんなに平然と、訊ねてきたりはしないだろう。

　以前から、彼女の家庭の事情について、多少は耳にしている。

　所長の妻は身体が弱く、葵を産んですぐ亡くなったそうだ。

　四十を過ぎて初めての子供を授かり、生まれたばかりの我が子を抱きながら妻を看取った所長は、最愛の妻の忘れ形見である葵を溺愛していた。

　いまだに病的なほど過保護なのも、妻を失った喪失感が根底にあると思えば理解できる。

　所長はその後新しい妻を娶らず、仕事と娘の成長だけを生きがいにしていた。

　そうやって、男手ひとつで育てられた、筋金入りの箱入り娘の葵も、腕利きの弁護士である父親を尊敬している。

　所長が余命幾ばくもない末期癌と知れば、当然取り乱すだろう。

　その上、父親が、自分との結婚を櫂斗に打診したとなれば……いくら彼女でも、自分の将来を父親に勝手に決められては、心穏やかでいられるはずがない。

「話は終わりました。三田村さんはお帰りですか?」

櫂斗は、とっさに笑みを浮かべた。

「はい。須藤先生、あの……」

「お気をつけて」

葵が呼びかけてくるのを遮って、その横を擦り抜ける。

「あ」

彼女が短い声を発して、こちらを振り返る気配を感じながら、自分の執務室に向かった。

この事務所では、所属する弁護士ひとりひとりに、一室ずつ執務室が与えられている。日中はアシスタントの出入りも多いが、この時間になれば確実にひとりになれる。

櫂斗は執務室に入ると、しっかりと施錠して、脇目も振らずに執務机に足を向けた。

ゆったりとしたチェアに、ドスッと腰を下ろす。

深く背を預け、チェアを軋ませながら、大きく天井を仰いだ。

そして。

「……ふっ」

薄く目を細め、吐息を漏らして微笑んだ。

自分が笑っていることに気付くと、笑いは沸々と込み上げてくる。

「ふっ。くくっ……ははっ……！」

シートから背を起こし、執務机に身体を折る勢いで、櫂斗はなんとも愉快げに笑い続けた。


櫂斗を追って、その執務室の前に立った葵は、そこから微かに漏れてくる笑い声を耳にして、ドアをノックしようとした手を引っ込めていた。

「須藤先生……？」

もしや部屋を間違えたかと不可解に思い、ドアのプレートを確認する。

黒い楕円形のプレートには、金色の文字で『Kaito Sudo』と刻まれている。

ここで間違ってないのはわかっても、この笑い声が彼のものとは信じられない。

今年で二十七歳になる葵は、大学卒業後、この事務所で働き始めた。

それから五年経つが、櫂斗がこんな風に声をあげて笑うのを聞いたことがない。

所長である父が、その才覚に一目置いている、事務所一キレる弁護士だ。

親しく話してみたいと思っても、パラリーガルたちがいつも櫂斗を取り巻いている。

事務員の葵では、彼の視界の隅に映り込むことも、ままならない。

物腰は柔らかいが、人との間に一線引くような敬語を崩さない、彼の心は遠い。

そんな櫂斗が、人払いをして父と話した後、これほど愉快そうに笑っているとなると、やはりなにを話していたのか気になる。

葵はわずかに目線を揺らし、一度引っ込めた手を、再びギュッと握りしめた。

思い切ってドアをノックしようとした時、

「葵」

背後から名を呼ばれ、ぎくりと肩を縮めた。

「っ、お父さん」

弾かれたように振り返ると、グレイヘアをオールバックにした父が立っていた。

それほど背は高くなく、身体も痩せているのに、その身から滲み出る威厳のせいか、とても大きく感じられる。

葵は条件反射で、シャキッと背筋を伸ばした。

「葵、須藤君の執務室の前で、なにをしている?」

廊下に踵(かかと)を打ちつけ、こちらに歩いてくる父を前に、無意識にゴクッと喉を鳴らす。

「え、っと……。た、頼まれていた書類を、お届けに」

とっさにそう返したものの、今、手に書類などない。

父の視線が自分の手元に動くのに気付き、慌てて両手を背に回した。

そんな反応だけで、父は葵がなにを気にしているのか、見抜いたのだろう。

ふっと目を細めると、

「葵、外食して帰らないか。そうだな……久しぶりに、銀座(ぎんざ)のフレンチレストラン、sophia(ソフィア)はどうだ？」

やや声のトーンを上げて、穏やかに笑いかける。

「え？　あ、はい」

銀座のフレンチレストラン――。

父が口にしたのは、とっておきの祝い事がある時、昔からよく行く名店だ。

かなり上機嫌なのは察せられる。

「それなら急ごう」

父はそう言って、踵を返した。

そのまま、来たばかりの廊下を戻っていく父に「はい」と返事をしながら、葵はもう一度櫂斗の執務室を気にした。

彼との密談が父をこれだけご機嫌にさせたとわかるからこそ、やはり気になって落ち着かない。

（須藤先生が、今日の裁判に勝ったから？　でも、それだけじゃないよね……？）

後ろ髪を引かれながらも、先を行く父との距離が開いてしまったのに気付き、その背を追った。

プロポーズは突然に

所長室で行われた、燿斗と父の〝密談〟から、十日が経ち——。

呼ばれて訪れた燿斗の執務室で、机越しに彼と向き合った葵は、短く聞き返した後絶句した。

「……え？」

一応、頼まれていた調査書を届けるという用件もあった。

しかし、渡すのも忘れて、胸に抱きしめたまま、凍りついて固まる。

葵の反応を確認しても、燿斗は眉ひとつ動かさない。

「聞こえませんでしたか？　だったら、もう一度言います。三田村さん、僕と結婚してください」

まったく感情の読めない端整な顔。

男らしい薄い唇だけがそういう形に動くのを、葵は呆けたまま見つめて……。

「っ……ちょ、ちょっと待ってください！」

無意識に止めていた呼吸を再開させて、肺いっぱいに吸い込んだ酸素に軽く噎せ返りながら、なんとか口を挟んだ。

「け、結婚？　須藤先生、今私と、結婚って……そう言いました⁉」

激しい動揺で、声が裏返る。

ここでも櫂斗は平然とした表情で、「ええ」と答えた。

「所長にはすでに申し出ていて、許可を得ています」

「父に⁉　許可って。そんなこと、私には全然……」

「そりゃあ、プロポーズですから。男にとっては、一生に一度の踏ん張りどころ。他の人間から伝えてほしいものではない。黙っていてくれて当然です」

櫂斗は、どこまでも淡々と言い切る。

（踏ん張りどころ⁉　相変わらず涼やかだし、全然気負ってないような……）

葵には、困惑しかない。

彼との間に相容れない温度差を感じて、目を泳がせた。

櫂斗は執務机についた手に、体重を預けるようにして立ち上がる。

ゆったりとしたチェアがギシッと軋む音を聞いて、葵はおずおずと顔を上げた。

執務机を回り込み、ゆっくりと近付いてくる彼が、視界の中で大きくなっていく。

「所長のお身体のことは、聞いてますか？」

目の前に立った彼にそう問われ、ビクンと肩を震わせる。

「は、い……」

父が末期の膵臓癌で、余命宣告を受けていることは、十日前、銀座のフレンチレストランで聞いた。

上機嫌だと思っていた父の、衝撃の告白。

その時は取り乱してしまったけれど、穏やかに引退準備を進める父を見て、なんとか現実に向き合う心構えをし始めたところだ。

「僕がこの事務所を任されることも？」

頭上から降ってくる質問には、一瞬息をのんだものの、黙って頷いて応える。

「それなら話が早い。所長が築き上げた大切な事務所を、今後は僕と一緒に守って成長させていきましょう」

続く言葉に、葵はひくっと喉を鳴らした。

そっと目線を上げると、自分を見下ろしていた彼と目が合う。

あたふたと目を逸らす彼女を見て、櫂斗がクスッと笑った。

「本気で言ってます。信じてもらえませんか？」

そう言いながら手を伸ばし、葵の頬に触れる。

彼女が反射的に身体を強張らせても、手を引っ込めることなく、目を細めて微笑む。

「いいお返事をいただけるまで、何度でも言います。三田村さん、僕と結婚してください」

否応なくドキッと跳ねる胸に手を当て、葵は背の高い櫂斗を見上げた。

戸惑いで瞳が揺れてしまうのを必死にこらえ、一度ゴクッと唾を飲んで、喉を湿らせる。

櫂斗は、自他ともに認める仕事の鬼だ。

黙って立っていれば、誰もが振り返るほどのイケメン。

ただの事務員の葵は見たことがないが、法廷で白熱した舌戦を繰り広げている時は、鋭く尖った勇ましさがあり、敵味方なく目を奪われるそうだ。

三十歳、男盛りという年齢でもあり、事務所内外の女性からも、〝理想の旦那様〟として引く手数多。

だけど、そう簡単にはなびいてくれない。

それがストイックと好印象に繋がり、さらに女性を沸き立たせる。

事務所でも、複数の女性パラリーガルたちが、彼に積極的にアプローチをしていた。

特に、業務中ほとんどの時間を櫂斗と共に過ごす聖子は、毎回、自らアシスタントに志願していると聞いた。

　美男美女同士とてもお似合いで、櫂斗が誰にもなびかないのは、本当は彼女と付き合っているからでは？という噂は、葵も耳にしていた。

「でも、彦田さんは……？」

「え？　……ああ」

　葵がポロッと口にすると、櫂斗も合点した様子で、ムッと眉根を寄せる。

「所内で、不愉快な噂があるのは、所長もご存じです。でも、まったくのデマ。所長にも、そう説明済みです」

「で、デマ……？」

「ええ。くだらなすぎてどうでもいい噂。いちいち対処している暇もないので、放っておいた。それだけのこと」

　忌々(いまいま)しげに言って退けられると、葵もそこには納得してしまう。

　櫂斗が聖子をどう思っているかは別として、所内の噂に構っている時間が彼にはないことを、よく知っていたからだ。

　しかし——。

「でも……須藤先生。私のことも、好きでもなんでもないですよね……？」

事務所一キレ者の弁護士の本心を探ろうなんて、無駄なことを、と自分でもわかっていた。でも、聞かずにはいられない。

(だって、五年間、同じ事務所で働いてても、須藤先生から好意らしいものを感じたことがないもの)

「……？　ああ、そうか」

声を尻すぼみにして逡巡する葵を、顎を引いてジッと見つめていた耀斗が、その心を測った様子で、ポンと軽く手を打った。

「君が言いたいのは、僕たちはまだ恋人にもなっていない、そういうことですか」

あっさりと思考を読まれ、葵はカッと頬を染める。

素直すぎる反応に、耀斗は柔らかく口角を上げた。

「確かにその通りですが、僕は君に恋心を抱いてましたよ」

「嘘(うそ)っ……」

「本当です。ひとつ仕事が片付いたことだし、伝えようと思っていた矢先、僕も所長のご病気を打ち明けられた。事態を鑑(かんが)みた上で、先にプロポーズをしたまでのこと」

次々に言葉を被(かぶ)せられるうちに、葵は自分が尋問席に立っているような感覚に陥った。

裁判に同行するパラリーガルたちの噂では、どんなに腕利きと評判の弁護士も、法廷で彼にやり込められると言葉を失うそうだ。

相手に戦術を立て直す間を与えず、一気に踏み込んで畳みかける。その様がなんとも鮮やかで、見ている側はスカッとするのだとか。

そんな櫂斗に、ただの事務員の葵では、異議を挟む隙を見出すこともままならない。

それどころか、心ごと丸め込まれ、反論の芽を根こそぎ摘み取られていく気分になる。

「現実問題、交際開始より結婚の報告をした方が、所長も安心して治療に臨めるのでは？」

言葉を探して言い淀む葵に、櫂斗は手を緩めることなく、押しを強める。

「三田村さん」

黙り込んだ彼女が足元に目を落とすのを見て、その顎先に長い指を添え、クイと持ち上げた。

「あ」

強引に目を合わせられ、葵は火を噴きそうなほど顔を真っ赤にする。

「恋をするのは、夫婦になってからでも遅くない」

「須藤先生」

「それとも、君は僕が嫌いですか？」

そう紡ぐ櫂斗の薄い唇が、徐々に接近してくるのを確かに見ていたのに、艶が滲む黒い瞳に射貫かれ、縫い留められたように動けなかった。

「……葵」

すぐ目の前で、彼の唇が自分の名前の形に動くのを見て、心臓が猛烈に加速し始めた。

それと同時に、柔らかな温もりに唇を塞がれる。

「っ……」

葵は反射的に息をのんだ。

大きく見開いた瞳に、目蓋を閉じた、櫂斗の涼やかな目元が映る。

（う、嘘っ……！）

唇を食まれる感触で、キスされていることがわかった。

あの、須藤先生に……!!

あまりにも信じ難く、葵の頭の中は真っ白になる。

ところが、櫂斗の唇は、優しく食んで軽く啄むだけでは離れていかなかった。

ツンと、なにかに唇を突かれた。

その次の瞬間――。

「……!?」

唇の隙間から捩じ込まれた、なまめかしい熱。

弾力性に富んだ質感のそれに口内をかき乱され、葵はギョッと目を剥いた。

「やっ……！　須藤せ……っ」

しかし、抵抗の声は舌に絡まるものに阻まれる。

クチュッという淫らな水音に消え入って、くぐもってしまう。

それなのに、

「あ、ふっ……ん、あ……」

自分のものとは思いたくない、鼻を抜けるような甘ったるい湿った声が、鼓膜をくすぐる。

全身から、ガクッと力が抜ける。膝が折れ、頽れそうになると、

「おっと」

櫂斗が腰に片腕を回して、支えてくれた。

ようやく唇が離れる。

「大丈夫？」

さらっと問われ、生理的な涙で潤んだ瞳で彼を見上げた。

「な、なん……」

葵は乱れた呼吸で声も切れ切れなのに、櫂斗の方は平然としている。

激しく絡み合うキスで濡れた彼の唇を、ばっちりと見てしまい、

「っ……！」

正視していられず、勢いよく顔を背けた。

櫂斗は、虚を衝かれたように瞬きを繰り返し……。

「……ふ」

口元に手を遣り、短い吐息混じりに笑う。

「すみません。僕の本気を示したかったんですが……そういえば、所長から聞いてました」

「え……？」

クスクス笑う彼が、いったいなにを父から聞いたのか気になり、葵は目を動かした。

櫂斗は、彼女の視線が自分に留まるのを確認してから――。

「今の。ファーストキス、ですよね？」

「所長にも言われてました。『葵は男を知らない。お手柔らかに頼むぞ』と」

「な、なんてことを、お父さん……‼」

激しい羞恥(しゅうち)で、葵は我を忘れて絶叫した。

頭のてっぺんから蒸気が噴き出しそうなほど、顔を火照(ほて)らせる。

耀斗の言う通りだった。

といっても、幼い頃身体が弱かった葵を、大人になっても過保護に心配して、『お前に不純物は不要』などと言って、恋愛を禁止したのは他ならぬ父だ。

小説や漫画で知る、キラキラした恋愛に憧れる気持ちは強く、もちろん恋をしてみたい気持ちはあった。

しかし、もともと臆病な性格だ。

父の言いつけを守ったのでなく、踏み込めなかっただけ。

それでも結果的に、葵は二十七になる今でも、恋を知らない。

当然、耀斗の指摘通り、キスも初めてだった。

「初めてなのに……ちょっとやりすぎました。すみません」

「！」

「⁉」

「これからは、君のペースに合わせます。だからどうか、僕の妻になってください」

耀斗は彼女の反応をおもしろそうに眺めながら、両腕をそっとその背に回した。

強引ではない、穏やかな力で抱き寄せられ、葵はひゅっと喉を鳴らして息を止めた。

スレンダーな印象が強いが、しっかり男らしく引き締まった逞しい胸に抱きしめられ、心臓が限界を越えて拍動する。

「せ、せんせ……」

「所長も、僕にならら安心して任せられると仰ってくださった。あとは、君の返事だけです」

耀斗は彼女の髪を指で梳きながら、暴いた耳に囁きかける。

「は、い……」

ふっくらした耳朶を吐息でくすぐられ、葵はほとんど無意識にそう答えていた。

彼の巧みな〝弁論〟にのまれ、言いくるめられたのではない。

ずっと、親しく話してみたかった——願っていたのは、それだけではない。

葵は、耀斗に憧れていた。

だけど、ただの噂だったとしても、彼は所内でも一番の美人と付き合っていると思っていたし、自分の手が届くわけがないと、端から諦めていた。

高嶺の花、雲の上の存在でしかなかった彼から、こんなに熱烈に求婚されたら、戸惑いはあっても嬉(うれ)しくないはずがない。

「よかった」

葵の上擦った返事をしっかりと聞き留め、櫂斗はホッとしたように小さな息を漏らした。

「大事にします。一生」

決意の滲む、低く心地よい声が、葵の胸にも浸透していく。

「須藤、先生……」

「葵」

彼の手に促すような力がこもり、彼女は導かれるがまま、ふっと顔を上げた。

視線がぶつかり、そのまま絡み合って……。

櫂斗が、再び、彼女の唇を奪った。

人生二度目のキスはしっとりと甘く、葵の身体はゾクゾクと戦慄(せんりつ)した。

いつもスマートで淡々としていて、法廷以外では熱くなることもないと思っていた櫂斗の熱情に、胸を震わせた。

恋人として付き合っていた期間は、たった一日もない。

耀斗からの突然のプロポーズに、お互いの意志を確認し合うだけで、葵は恋を知らないまま、結婚を決めた。

ふたりで父に婚約を報告した後、結婚に向けて、なにもかもがあっという間だった。

耀斗の両親との対面、挨拶。そして、父を交えて両家の食事会。

彼の両親は、葵が、自分たちの息子が所属する弁護士事務所の所長の娘というのもあって、なんの疑念もなくふたりの結婚を喜び、心から祝福してくれた。

義父母となる人に気に入ってもらえなかったらどうしよう、と緊張していた葵には、ふたりの反応はあまりにもさっぱりしていて拍子抜けだったし、なにもかもとんとん拍子で進む結婚に戸惑いもあった。

しかし、入籍や引っ越しの日取りが具体的に決まり出すと、どんどん現実味を帯びていく結婚に胸を躍らせ、夢見心地になっていった。

そうして、突然のプロポーズから三週間後、ふたり揃って区役所に婚姻届を提出。

十月下旬、大安吉日の土曜日、葵は生まれた時から父とふたりで暮らしてきた家を出て、赤坂にある耀斗のマンションに引っ越した。

オフィスがある大手町まで交通の便もよく、お洒落（しゃれ）で洗練された街の中でもひときわ目立つ、ゴージャスな高級タワーマンションだ。

彼の住まいはその二十五階、贅沢な4LDKの角部屋――。

「どうぞ」と促され、玄関先に足を踏み入れた葵は、あっという間に目を奪われ、立ち尽くした。

広々とした上がり框。リビングのドアに続く廊下は長く、白い壁には大小様々なモダンアートの額が、センスよく飾られている。ちょっとした美術館のようだ。

「すごい。素敵……」

思わず見回して感嘆の息を漏らす彼女を気にせず、櫂斗の方はさっさと廊下の奥に進んでいった。

「葵。荷物は、昨日のうちに搬入されています。衣類や身の回りの物でしょうから、段ボール箱には手をつけていません。ひとりで片付けられますか？」

「あ、はいっ」

葵は慌てて返事をして、彼を追う。

そして、先を行く広い背中を、そっと上目遣いに窺った。

（須藤先生、事務所にいる時と、雰囲気が違う……）

肩口が広く開いた、ざっくりしたダークブラウンのニットに、ブラックデニムという姿。チラチラ覗く鎖骨が、罪深いほどセクシーだ。

事務所では右寄りで分けてある前髪は、今は分け目を作らず額に下ろされている。

普段きっちりしている分、カジュアルな格好がどこかルーズで、しかしそれがまたやけに決まっている。

リラックス感漂う彼に、葵の胸は高鳴った。

（そりゃあ須藤先生だって、自宅ではのんびりするだろうけど、デニムなんて意外）

想像とは違い、少し見慣れないが、これからはこの家で寛ぐ櫂斗の姿を見ることになるのだ。

ドキドキと弾む胸に、そっと手を置く。

（本当に私、結婚したんだ。須藤先生と……）

事務所一有能な、超エリート弁護士。

憧れはあったけれど、挨拶で声をかけることすら、多忙な彼の足を止めてしまうから畏れ多い。同じ事務所で働いていても、遠くから眺めるだけの人だと思っていた。

葵が櫂斗と初めて〝会話〟することができたのは、入職して二年目のこと。

葵は、とある男性依頼人と、仕事以外でトラブルを抱えていた。

事務所からの帰路で待ち伏せされて絡まれていたのを、たまたま通りかかった彼が助けてくれたのだ。

耀斗は終始堂々としていて、あっさりと男性を蹴散らすと、その後家まで送ってくれた。

それまでまともに会話したこともなかったのに、いきなりふたりきりになった葵は、緊張のあまりテンションが高くなり、必死になってどうでもいいことばかりしゃべってしまった。

耀斗の方は、相槌(あいづち)は返してくれるものの、やや引き気味。最後は完全に苦笑混じりで、『それじゃ』とだけ言った。

後になって、舞い上がりすぎた自分を思い出し、恥じた。

羞恥で死ねると思うほどの記憶。

しかし、それ以来葵は、ずっと彼に淡い想いを抱いていた。

(まあ、須藤先生の方は、覚えてもいないだろうけど……)

そんな彼との結婚。

プロポーズは突然で、新婚生活のスタートもあっという間。

結婚したという意識はあっても、彼の妻になったという実感はまだまだ乏しい。

というのも——。

『所長の現状を考えて、祝い事は控えましょう』

入籍と引っ越しを済ませただけで、結婚式も新婚旅行も、現時点で予定はなく、白紙の状態だ。

（お父さんのことを、気遣ってくれて嬉しい。本当はちょっと寂しいけど。……でも）

彼の左手を見て、葵は思わず顔を綻ばせた。

その薬指には、彼女の指にあるのと揃いの結婚指輪が、しっかりと嵌められている。

それを彼から贈られたのは、つい昨日の夕刻。櫂斗に書類を渡すために、執務室を訪れた時だ。

『ああ、そうだ。葵』

用を終えて退室しようとした葵の背に、思い出したような声がかけられた。

『午前中に、出来上がったと連絡があって。先ほど、受け取りに行ったんです』

そう言って、彼は上着のポケットから、指輪のケースを取り出した。

ベースのデザインは一緒の、上質なプラチナの指輪だった。

葵のものは、小さなダイヤが埋まった華奢で可憐なデザイン。櫂斗のものは、男らしくシンプルで、石がない。

櫂斗が葵の手を取り、ふたつ並んだ指輪の小さい方を、左手の薬指に滑らせてくれた。

葵は左手を目の高さに掲げて、思わず『わあ……』と声を漏らした。

『このくらいしか、結婚らしいことができず、すみません』

父の現状に配慮してくれてのことだ。

耀斗が謝ることではない。

葵は弾かれたように顔を上げ、勢いよく首を横に振ってみせた。

『ありがとうございます。十分です』

嬉しさのあまり、はにかんで笑うと、彼もどこかホッとした様子だった。

耀斗はこのくらいと言ったが、揃いの指輪は嬉しすぎた。

『葵、僕にも』と促され、震える指で彼の左の薬指に指輪を嵌める間も、葵の胸は躍っていた。

(ほんとに、十分。須藤先生と結婚できるなんて、夢にも思わなかったのに……)

そしてこの後は、自分にとって、生まれて初めての〝恋〟が始まる——。

「っ」

「片付け、ひとりじゃ大変なようなら、手伝うので呼んでください。僕は、書斎で仕事をしますので」

自分の思考でドキッと心臓を跳ね上げる葵をリビングに通すと、櫂斗はそう声をかけた。

広々としたリビング。壁一面ガラス張りの窓からの採光は抜群で、柔らかく暖かい陽だまりが溢れていた。

奥のダイニングキッチンとは段差があり、腰の高さほどの木柵のパーティションで仕切られている。

ここでも洒落たリビングルームに目を奪われていた葵は、彼の言葉を拾い切れず、

「え？」と聞き返した。

櫂斗が、右隅にあるドアを、軽く指で示す。

「あそこが僕の書斎」

「あ、はい」

葵は、つられてそちらに顔を向けた。書斎のドアを目に留め、頷いて応える。

彼女の反応を確認すると、櫂斗は逆側、左隅のドアに向かっていった。

「ここが、君の部屋です」

そう言いながら、ドアを開ける。

その後についていった葵は、

「……え？」

ドア口から室内を覗いた途端、ピタリと足を止めた。

「？　なにか足りないものでも？」

頭上から降ってくる質問に顔を上げたものの、困惑のあまり、彼の顔と室内に交互に目を遣る。

目の前に広がるのは、十畳ほどある洋室。自室として与えてもらうには、十分すぎる広さだ。

備え付けの大きなウォークインクローゼットに、パソコンデスク、チェスト……。

部屋に置かれた家具はすべて櫂斗が揃えてくれていて、足りないものなどありはしない。

彼女を困惑させたのは、そこに置かれていたワイドシングルベッドだ。

「あ、あの。須藤先生のベッドはどこに……」

胸によぎった疑問を素直に口にすると、「ああ」と軽い相槌が返ってきた。

「この家、メゾネットになっていて。主寝室と客間は、二階にあります」

彼の返事を聞いて、葵はふっと顔を横に向けた。

確かに、そこに上階へと続く階段があるのを見つける。

リビングの天井が高く開放的なのも、そういう間取りなら納得だ。

しかし、その答え自体が腑(ふ)に落ちない。

「え、っと……」

「ん？　なにか？」

首を傾げて問われても、葵は戸惑いを隠せなかった。

自分は、櫂斗と結婚したのだ。

確かに、恋人だった期間はないけど、入籍を済ませ、夫婦になった。

互いの左薬指にあるのは、揃いの結婚指輪。

ここで今日から始まるのは、ただの同居とか居候ではなく、恋をしながらの新婚生活のはず——。

「須藤先生、あの……」

思い切って、問い質(ただ)してみようと切り出すと。

「あ、それ」

ポンと手を打った彼に、遮られた。

出鼻を挫(くじ)かれ、葵はグッと言葉をのむ。

「事務所では、その呼び方でいい。でも、家では」

「え？」

「君も、須藤だということ。忘れてない？」

口に手を遣り、悪戯っぽく笑って言われて、ハッと我に返った。

「そ、そうですよね。私ももう……」

頭に〝須藤葵〟という自分の新しい名前をよぎらせ、それだけでポッと頬を赤らめてしまう。

そんな反応をおもしろがって、櫂斗は小刻みに肩を揺らしながら……。

「それじゃ、呼び方の件はそれでお願いします。手が必要であれば、遠慮なく声をかけて」

自分で求めておきながら、名前で呼ばれるのを待つでもなく、あっさり背を向けた。

「あ……」

葵が振り返った時には、彼は書斎のドアを後ろ手で閉めていて、その背を見ることはできなかった。

「かい……とさん」

彼には聞いてもらえなかったが、求められたままにその名を口にして、胸がきゅんと疼く。

しかし——。

葵はなんとも複雑な気分で、与えられた自室の前に佇み、ぼんやりと独り言ちた。

「夫婦なのに、寝室は別々なの……？」

肩透かしを食らって、拍子抜けしたような。

しかし——。

櫂斗のマンションで新婚生活をスタートさせ、二週間が過ぎた月曜日。

父は、朝一番で事務所の全所員を大会議室に集め、自身の引退を発表した。

所長の突然の発表に、所属する三十人の弁護士たちはざわついた。

さらに、後継者として櫂斗の名が挙げられると、パラリーガルや事務員たちの間でも、さざなみのようなどよめきが湧いた。

広い会議室に走る戸惑いの空気をよそに、櫂斗は眉ひとつ動かさず、新所長としての所信表明を行った。

まるで、ここが法廷であるような錯覚を覚えるほど、堂々とした立派な挨拶に、その場の全員が口を閉ざした。

あれだけざわめいていた大会議室が、彼の言霊にのまれて、しんと静まり返る。

挨拶が終わると、強く盛大な拍手が湧き起こった。

しかし。

「最後に、私事で恐縮ですが……」

そう前置きして続けた電撃結婚報告が、主に女性の間で波紋となって広がり、場は再び騒然として――。


「まさか、葵と須藤先生が結婚とはねえ。ちょっと、いつからそんな関係だったの？ 全然そんな雰囲気見せなかったじゃない！ よく隠したわねえ」

同じ事務員で五つ年上の栗田和美と外食ランチに出た葵は、直球の問いに曖昧な笑みを浮かべた。ミニサラダをフォークでつつき、ごまかそうとする。

それを見透かし、和美が「まったく」と溜め息をついた。

「須藤先生、彦田さんと噂があったけど。本命の葵との関係を気取られないように、カムフラージュだったたってことか」

爽やかなレモン風味のドレッシングがかかったレタスを口に運びながら、納得したように呟くのを聞いて、葵はなんとなく目を伏せる。

「所長も、須藤先生なら、万事安心して任せられるわね。とにかく、おめでとう」

「……ありがとうございます」

父が末期癌で、明日から入院加療に入ることは、所員には伏せられている。

そのためか、皆、葵と櫂斗が恋人同士で、結婚するのを機に、娘婿に事務所を任せて勇退すると理解したようだ。

少なくとも、向かい側に座っている和美は、ふたりが交際ゼロ日で結婚を決めてから、まだほんの一カ月ほどとは想像もしていない――。

今朝、散会して事務室に戻った途端、葵は十人の事務員に取り囲まれた。

『三田村さん、おめでとう。でも、ちょっとー。聞いてないわよ、どういうこと⁉』

『仕事は旧姓で続けるの？　いいじゃない、須藤って新姓使えば』

『今度、先生も誘ってお祝い会しようよ。馴れ初め、聞かせてよね！』

彼女に向けられたのは、温かい祝福。

そこには事務所の花形、看板弁護士を射止めた葵への、嫉妬めいた意地悪もほんの少し滲んでいたが、この結婚の裏を誰も疑っていない様子。

それもこれも、櫂斗の巧みな話術のおかげだ。

しかし……。

葵はサラダを口に運ぶでもなく、緩慢にフォークを動かした。

そして結局手を止めて、声に出して深い溜め息をつく。

「？　葵？」

それを聞き留めた和美が、まっすぐ目を向けてくる。

「あの……和美さん」

葵はフォークをテーブルに置くと、背筋を伸ばし、やや改まって切り出した。

「ん？　なに？」

「和美さんのところは、その……旦那さんと寝室一緒でしょうか？」

「へ？　ああ、うん」

和美は、四年前に、一般企業の男性と結婚していた。大学時代からの付き合いだったという。

それもあってか、本人曰く、『新婚っぽい生活は、一カ月も続かなかった』そうだ。

「一緒って言ってもねー。今さら別々にする必要もないし、そもそも部屋がないからって感じだけど」

今もそう言って、軽い調子で笑う。

（夫婦の寝室の話題なんて、いくら親しい先輩でも、タブーだと思ってたけど……）

和美がさらっと答えてくれたおかげで、葵は落ち込みを強めた。

やはり、夫婦なら、ダブルベッドではなくても、寝室を一緒にするのが自然ということだ。

それなのに、燿斗は当たり前のように葵に部屋を与え、ご丁寧にベッドも用意していた。

そのせいもあり、二週間経っても、葵は彼が眠る主寝室……いやメゾネットフロアにも、足を踏み入れていない。

(そりゃあ、私たちは恋もせずに結婚したから、いきなりダブルベッドじゃなくてよかったのかもしれない、けど……)

意図的に、距離を保たれているような気がする。そして、肝心な〝恋〟は、まだ始まる気配すらない――。

和美は、葵が落ち込んでいる様子に気付かず、意地悪に目を細める。

「なーに？〝夜〟の話でもして、惚気(のろけ)たいとか？」

「？……！ち、違いますっ」

ニヤニヤして訊ねられ、葵は一瞬きょとんとしながらも、すぐに合点してギョッと目を剥いた。

「ぜ、絶対そんなこと話しませんっ」

焦りと羞恥で顔を真っ赤に染めて、やや乱暴にフォークを手に取った。

（というか、話せることもないし……）

自分で追い打ちをかけて地味に落ち込み、今度はやたらせかせかと、サラダを口に運ぶ。

「ええ～。ちょっとくらい、聞かせてよ～」

和美は、クスクス笑っていたけれど。

「まあ、須藤先生、今抱えてる案件は手放さず、所長業務をやるって言うし。いくら仕事の鬼でも大変でしょ。社畜状態になりそうだし……。葵、しっかり支えなさいよ」

どこか、含めるようなニュアンスの励ましに、葵はピタリと手を止めた。

そうだ、その通り。

この二週間、通常の弁護士業務が終わると、櫂斗は極秘で、父から所長業務の引き継ぎを受けていた。

連日連夜、帰宅は日付が変わる頃。

父が正式に勇退した今、彼にはさらなる負荷がかかることになるのだ。

「……はい」

葵は従順に返事をしたものの、心を覆う靄（もや）は晴れないままだった。

疑惑まみれの新婚生活

　ランチを終え、和美と並んで事務所に戻ると、廊下の奥の方から、なにやらワイワイと声が聞こえてきた。

「三田村さん、うまいことやったわよねー。ただの事務員のくせに」

　ボヤくような口調に、葵はぎくりとして立ち止まった。

　事務室のドアに手をかけていた和美も、声の方向に顔を向ける。

「大人しいけど、かわいいからじゃない？」

「なに。見た目ってこと？　地味で目立たないじゃない。そもそも、顔で選ぶなんて、須藤先生らしくないでしょ」

　事務所の女性の中でも、櫂斗に積極的なアプローチを続けていた、四人ほどの女性パラリーガルグループだ。

　葵を地味とこき下ろすだけのことはある、アクティブで華がある女性たちだから、辛辣な言われようも仕方がない。

　葵は以前から、苦手意識を持っていた。

そして、櫂斗との結婚を知られたら、陰でこう言われるのも覚悟していた。

「葵」

和美が瞬時に顔を厳しく歪めて、彼女を事務室に押し入れようとする。

しかし。

「結婚なんて、絶対おかしいわよ」

四人の中でも一番の美人の聖子が、苛立ちも露わな声色で言った。

「須藤先生と三田村さんが付き合ってたなんて、あり得ない」

「聖子、先生に気に入られたくて、すごく熱心にアシスタント志願してたもんね。先生も拒まないし、脈ありだと思ってたのに、完全に寝耳に水だったね～」

「悔しいのはわかるけど、もう諦めなって。結婚しちゃったんだからさ」

他のパラリーガルが揶揄するのを耳にして、葵の足はピタリと止まった。

それを受けた聖子の、不愉快そうな声が聞こえてくる。

「誰が諦めるかっての。この事務所で、先生と一番長い時間を共にしてたのは私よ。三田村さんの気配なんか、これっぽっちもなかったんだから。……やっぱりおかしいわよ、この結婚」

葵は、無意識に胸元をギュッと握りしめた。

「でも、須藤先生が結婚報告したんだし。それはどう説明するの？」

「所長就任と同じタイミングの結婚報告なんて。絶対、なにか魂胆があるとしか言いようがないじゃない」

聖子は憤慨して、興奮気味だ。

「きっと、須藤先生が狙ったのは、この事務所の所長の座よ。それで所長の娘を利用したとか……」

「え〜。それで、所長に取り入るために、三田村さんに言い寄ったってこと？」

「須藤先生が言い寄ったなんて、バカなこと言わないでよ！」

「聖子、矛盾してるわよ。それに、須藤先生は所長から一番信頼されてたんだから、取り入るまでもないじゃない」

他のパラリーガルたちが、呆れたように笑う。

「そもそも、そんな野心持つ人かなあ。所長業務なんて面倒なことするより、法廷で相手方バッサバッサ斬る方が生き生きしてるし、似合ってる」

「それは同意するけど……とにかく、須藤先生は三田村さんに好意なんか持ってない。見てなさいよ、絶対裏を取って暴いてみせるわ」

さすがに、葵の胸にもグサッと刺さった。

唇を噛み、身体の脇に垂らした手をギュッと握りしめる。

「葵、早く」

和美が一層目を鋭くして、今度は強く彼女の肩を押した。

ほとんどつんのめるようにして、事務室に入った葵の後に、和美も続く。

その背でパタンとドアが閉まり、しばらくすると、靴の踵が鳴る音が近付いてきた。

「……ったく、彦田さん一派は、好き勝手ばかり言って」

和美は憤慨して、忌々しそうに呟く。

ガラス張りの壁の向こうを、パラリーガルたちが通り過ぎていくのが見える。

声が聞こえなくなっても立ち尽くしている葵に、和美が気遣うような目を向けた。

「気にすることないわよ。噂になるほどまとわりついてたのに、結局相手にされなかったから、僻(ひが)んでるだけ。まさに負け犬の遠吠えだわ、あんなの」

腕組みをして、自分のことのようにプリプリする彼女に、葵も気を取り直して、ぎこちなく微笑み返した。

「ありがとうございます」

口ではそう答えたものの、苦い思いが胸に広がるのは抑えられない。

聖子は、櫂斗が葵を妻にした真の目的は、所長の座を狙ったからと勘繰っている。

他のパラリーガルたちは、そういう彼はらしくない、と一笑に付したが……。

（せめて、彦田さんの言う通りならいいのに……）

葵がそんな風に思うのは、それであれば、櫂斗にとって、自分にも幾分かの価値があったと思えるからだ。

この二週間の新婚生活――あえて振り返るまでもなく、彼の妻になったという実感は薄い。

葵は、無意識に自分の左手に目を落とした。

櫂斗が嵌めてくれた結婚指輪。

これがなかったら、自分が彼のなにになったのかもわからない。

いや、指輪を嵌めているだけで、なにも関係は変わっていない。

そう感じる。

（櫂斗さんは、この事務所の後継者の座に収まるために、私との〝結婚〟を望んだんだとしても……恋をするのは、結婚してからでも遅くないって、そう言ってくれた）

しかし、結婚して夫婦になっても、恋が始まる気配すらない。

彼は、葵に結婚を断らせないように、恋をする提案をしただけで、本当は最初から、そんなつもりもなかったのではないだろうか……。

疑心ばかりが大きくなり、葵はいつの間にか、悲壮な顔をしていた。

しかし和美は、彼女のその表情も、聖子たちの陰口に傷ついていると受け取ったようだ。

「なんだったら、私から須藤先生に話そうか。もう所長なんだし、彼女たちを注意してもらおう」

「い、いいえ。大丈夫です。本当に」

葵は、慌てて首を横に振って断った。

櫂斗は今日から、三田村総合法律事務所の所長。財務も経営も人事面でも、全決定権と責任は彼にある。

こんなことで、忙しい彼の手を煩わせたくはない。

このことを知れば対処してくれるだろうが、〝妻〟を守るためではなく、ただの職務としか思わないのでは――?

(櫂斗さんが守りたいのは私じゃなくて、事務所、仕事……)

和美にはお礼を言って、葵はそそくさと自席に戻った。

所長就任を果たしたその日、櫂斗の帰宅時間は、やはりこれまで以上に遅くなった。

玄関先で物音がして、リビングのソファに座っていた葵は、伏せていた顔を上げた。

弾かれたように立ち上がると、静かにドアが開き、櫂斗がネクタイを緩めながら入ってきた。

リビングの電気が点いていることに、不審げな顔をしている。

そして、寝巻き姿でソファの前に立ち尽くす葵に気付くと、わずかに眉根を寄せた。

「お、お帰りなさい」

「……ただいま。こんな時間まで起きていたんですか？」

白い壁にかかったスクウェア型の時計の針は、午前十二時をとっくに回っている。

新婚初日の夜、彼に『僕を待たずに先に寝てください』と言われた。

だから葵も、今までは先に自室に戻っていた。

「明日も仕事だ。身体に障る。早く部屋に戻って」

櫂斗はそれだけ言って、リビングの奥の階段に足を向ける。

通り過ぎる彼を、一度見送りながら、

「あのっ……櫂斗、さんっ！」

葵は、思い切って、広い背中に呼びかけた。

櫂斗さん――。

この二週間、家でまともに会話をする機会は、ほとんどなかった。

こうして彼を名前で呼んだことも、まだほんの数回しかない。

その、やっと何度目かの呼びかけを聞いて、櫂斗はピタリと足を止めた。

そして、ゆっくりと振り返る。

「なに？」

「い、今は所長に就任したばかりで、忙しいとわかってるんですけど」

彼の視線に晒されて、妙な緊張で身体をガチガチにしながら、葵はなんとか言葉を紡いだ。

「少し落ち着いてからでもいいので……。これからの私たちのこと、ゆっくり話せませんか？」

カラカラに渇いた喉に声がつっかえるのを感じながら、必死に言い募る。

「これからの僕たち……ですか？」

櫂斗が、訝しげに眉尻を上げて、首を傾げる。

「どんなことでしょう。そういうことなら、落ち着いてからと言わず、すぐ聞きます」

そう答えて、肩を強張らせる彼女の前に戻ってきた。

葵はごくりと唾を飲み、少しだけ喉を湿らせた。

自分に降る彼の影を意識して、乾いた唇を開く。

「あ、赤ちゃん……」

勇気を振り絞ったつもりだったが、意に反して声が掠れてしまった。

目の前に立つ彼の耳にも届かなかったようで、「え？」と聞き返されてしまう。

「あの、だから……」

『赤ちゃんは、考えないんですか』――？

この二週間、ふたりの生活は完全にすれ違っていた。

寝室が別々という点でも、葵はずっと、その疑問を抱えていた。

自分がひとりっ子の上、母の顔を知らずに父とふたり暮らしだったから、〝家族〟に憧れのようなものがあった。

(きっとお父さんも、私と櫂斗さんに赤ちゃんができたら、喜んでくれる)

できれば、父が生きているうちに初孫の顔を見せてあげたい。せめて、赤ちゃんができたと報告だけでもできたら……。

しかし、二度目を口にする勇気が足りない。

葵はカッと頬を火照らせ、面(おもて)を伏せた。

「葵？」

耀斗が怪訝そうに呼びかけてくる。

「どうした？　どこか具合でも……」

身体を心配してくれる彼には、強くかぶりを振って否定する。

葵は自分の足元を見つめたまま、身体の脇でギュッと拳を握りしめた。

「私たちは、夫婦になったんですよね？　だから、こうして、一緒に暮らしてる」

ここでも何度も喉につっかえながら、なんとか声に出して訊ねた。

「？　ええ」

返ってくる声は、やはりどこか訝しげ。

葵が疑問に思っていることが、まったくわかっていない様子に、焦らされる。

「夫婦なら、普通は……。寝室、一緒にするものじゃないですか？」

葵は、声を絞って問いかけた。

緊張は臨界点を越えていて、心臓がバクバクと爆音を立てていた。

しかし。

「……あの？」

彼からなんの反応もないから、葵は恐る恐る顔を上げた。

口元に手を当てて、目を瞠っているのを見て、ハッと我に返る。

「い、いえ、あの……！　一般論としてで」

焦って自分の質問を撤回しようとすると、

「確かに、普通はそうかもしれないけど……。すみません。僕は、誰かが隣にいると、眠れないタチで」

困ったように遮られ、グッと口を噤んだ。

「葵もわかってくれている通り、今は忙しい。僕も人の上に立つ立場になったからには、自分の健康への配慮も今まで以上に必要です。すみませんが、慣れるまで、しばらくの間は」

「……そう、ですよね」

正論を説かれてしまったら、そう答える以外、他にない。

昼間、聖子たちの陰口を聞いて、気にしないようにしているつもりで焦っていた自覚もあるから、のみ込むしかない。

どこか気まずい沈黙がよぎった後、櫂斗が彼女の頭にポンと手を置いた。

「シャワーを浴びて、休みます。葵、君も早くお休み」

頭の上で軽く跳ねる大きな手を意識して、葵はそっと目線を上げた。

「は、い……」

短い返事を聞いて、櫂斗はスッと手を引っ込めた。そして今度こそ背を向け、主寝室のあるメゾネットフロアに続く階段を上っていく。

トントントン、と規則正しい足音を聞きながら、葵は胸元で服を掴んだ。

「それなら……仕方ないよね」

彼の説明は、理解できる。だけどすべて納得というわけにもいかず、やるせない思いを抑えるのが精いっぱいだった。


やや強めに出したシャワーを頭からかぶり、櫂斗はギュッと目を閉じた。

伏せた顔に、髪から流れてくる雫が、頬を伝って落ちていく。

滝のようなシャワーに身を打たせた後、手探りでコックを捻って湯を止めた。

「……ふう」

無意識に声を漏らし、ぐっしょり濡れた髪の水分を散らすように、勢いよく頭を振る。

頬に張りつく髪を両手で生え際からかき上げ、後ろに撫でつけながら顔を上げた。

『あ、赤ちゃん……』

葵が、ガチガチに肩を固まらせて絞り出したか細い声が、鼓膜に刻みついている。

聞き取りづらくはあったが、彼の耳にも辛うじて届いていた。

一瞬ぎくりとして、短く聞き返してしまったせいで、彼女は声が届かなかったと思ったようだ。

『夫婦なら、普通は……。寝室、一緒にするものじゃないですか？』

言葉を変え、別の角度から紡がれた質問を、櫂斗もはぐらかすことはできなかった。

この二週間、葵がそこに疑問を抱いていたのは、もちろん察していた。

彼女のことだ。余命幾ばくもない父親に、せめて懐妊の報告だけでもできれば……と考えたであろうことも、簡単に推測できる。

しかし。

（多分、所長は、孫なんか望んでいない）

櫂斗は自嘲気味に心の中で呟き、目線を横に流した。

『プロポーズは、あくまでも君の意志ということにしてくれ。君から申し出を受け、私が許可したと言ってくれていい。とにかく、結婚に同意させろ』

葵との結婚の意志を伝えに、日を改めて所長室を訪ねた時、そう言われた。

裏で所長が櫂斗にどんな打診をしたか、葵にはすべて伏せてある。

『それ以上は他言無用だ』という箝口令なのは、あえて問うまでもなかった。

もとより、櫂斗も彼女に伝えるつもりなどなかった。

ただ、プロポーズをして結婚した。その、目に見える事実だけで構わない。

しかし、葵の立場になってみれば、裁判の審理を知らされず、判決のみ聞いたようなものだろう。

今は、この結婚そのものを不審に思っているのが、手に取るようにわかる。

（いくら俺でも、弁護の過程を示さず、判決を受け入れさせようなんて、困難すぎるが）

ここはとにかく、説明を尽くしてのみ込ませるしかない。

というのも、この結婚において所長と交わした〝約束〟を、彼女に明かすことができないためだ。

『一生、娘を愛さないでほしい。君は、約束してくれると信じる』――。

櫂斗にしても、意味がわからず衝撃を受けた。

それまで、所長は、独りぼっちになる葵の行く末を、悲観しているのかと思っていた。彼女の幸せを心から願っているから、自分に委ねたいのだと。

櫂斗は、こんな形で始まる結婚だからこそ、葵とごく普通に幸せな家庭を築きたいと、そう考えていた。

だというのに、所長は、最愛の娘の、愛に満ちた結婚を求めていないとは。

『もしも僕が断ったら？』

あまりに不可解な〝約束〟に警戒心が走り、質問を挟んだ。

しかし所長はピクリとも表情を動かさずに、短く淡々と返したのだ。

『候補者は他にもいる。君を諦め、彼らに打診するまでだ』

他の候補者……一番に脳裏をよぎったのは、事務所で自分の次に若い独身……四十代前半の民事専門の弁護士だ。

所長の座をちらつかせられたら、彼もきっと一も二もなく承諾するだろう。それもまた、葵にとって愛のある結婚にはならない。

所長にとって、葵の夫は誰でもいいのだ。

自身が信頼を置いた部下で、約束を必ず守る者でさえあれば――。

「それなら……俺でいいだろ、葵」

無意識の呟きになにか胸苦しさを覚えた櫂斗は、固く握った拳を心窩部（しんかぶ）に押しつけた。

何度か肩を動かして深呼吸してから、壁のフックにかけたタオルを手に取った。

勢いよく頭からかぶり、両手でわしゃわしゃとかき回す。

髪の水分を拭いながら、固く目を閉じた。

彼女の不信感が、新婚夫婦なのに寝室が別々……という点にあるのなら、対策として、寝室を共にすればいい。

わかりきっているが、櫂斗はためらう。

（毎晩同じ部屋で寝ることになったら、いくら俺でも、自制心が崩壊するのは時間の問題だ）

彼女が心の底から不満を募らせるほど、夫婦間の距離を徹底して保っておかないと、ただでさえ観察眼の鋭い所長を欺くことはできない。

妻の不信感を気取っていながら送る新婚生活は、櫂斗自身にとっても苦痛でしかない。

もちろん、所長との約束がある以上、こういう事態になる予測はしていた。

その上で、まず葵を手に入れる決断をした。

間違っていない。そう信じるより他ない。〝約束〟しなければ、手に入らなかったのだ。

そして、欲したものを手中にした今、自ら踏み出した修羅の道を、櫂斗は突き進むしかない。

ひと言で所長と言っても、その業務は櫂斗が想像していたより多岐に亘る。

所長就任から一カ月、彼は慣れない事務所経営に追われていた。

今までは、担当案件のことだけ考え、法廷で争うための下調べや面接、調査活動を、自由気ままにやっていればよかった。

それが今は、立派な執務机に張りついて、経理や財務の数字を読み、経営収支を考える。気にしたことのない人事に職場環境の問題にまで、頭を悩ませている……。

櫂斗の手元には、所員の身上書があった。パラリーガルの聖子のものだ。

所長になると同時に、全所員の前で葵との結婚を報告したのは、前所長にまで勘繰られるほど拡散していた聖子との噂を、一気に霧散させる狙いがあったからだ。

以降、所長業務を優先して、弁護士として新規に引き受ける訴訟案件は簡単なものに限定していたから、アシスタントは必要なく、聖子の存在は頭の片隅にもなかった。

しかし、所内のあちらこちらで、彼女にまつわる違う噂を耳にするようになった。

櫂斗と葵の結婚を不審に思い、裏を取ってやるなどと豪語しているというのだ。

葵をけなす言葉を公然と口にして、意気揚々と探っているらしい。

個人的には、腹立たしい限りだ。

ただのアソシエイト弁護士の立場だったら、即刻アシスタントから外し、以後自分の執務室への立ち入りを禁止していただろう。

しかし、所長となった今、その権力は両刃の剣になる。

耀斗はもどかしい思いをこらえ、その憤りを、葵を守ることへの原動力に転換した。

(葵は、知っているだろうか。いや、あれで結構芯が強くて頑固だから、たとえ傷ついていても、俺には言わないだろう……)

執務机の上の身上書を睨み、顎を撫でて逡巡する。

この所長室で交わした不穏な密談が、外に漏れることはないだろう。

とにかく、葵への陰口の件に、早急に手を打つべきと思案した時、所長室のドアがノックされた。

「須藤せんせ……所長。彦田です」

グッドタイミング。呼ぶ手間が省けた。

「どうぞ」

耀斗が応じると、戸口に聖子が立った。

「栄西記念病院の医療過誤訴訟で、原告が通院していた病院に、弁護士照会していた件。回答書が届きました」

栄西の医療過誤……。

耀斗が所長になる以前から、受けていた依頼だ。

所長になってからも、彼自身が担当を続けていた。

「そうですか。ありがとうございます」

聖子は謝辞の途中でドアを閉め、やや大きな歩幅で執務机の前に歩いてくる。

耀斗は、彼女の身上書を執務机の端に伏せて置き、ゆっくりチェアから立ち上がった。

「ご苦労様」

軽く労い、机越しに回答書を受け取る。

無言で目を伏せ、さらっと中を改める彼を、聖子はその場で、ジッと見つめていた。

そして。

「あの……所長。この医療過誤訴訟、私にお手伝いさせていただけませんか？」

思い切って……といった様子で、身を乗り出してくる。

耀斗は、無言でピクリと眉尻を上げた。

（そういえば……この依頼後初の面談にも、同行したいと言ったっけ）

一アソシエイト弁護士だった彼は、特段アシスタントを選ぶことをしなかった。

正直なところ、誰でも同じ。

自分ひとりでも、どうとでもなる。

そういう気持ちで、彼女の同行を許可したが、今となっては都合がいい。

「この訴訟……。示談に持っていければと思ってましたが、原告はだいぶ強硬です。法廷で争うべきかと考えています」

「それなら……!」

聖子が、間髪を入れずに切り込んでくる。

もちろん、彼女がどう出るかは、予想していた。

「いえ。僕にアシスタントは必要ない」

受け取ったばかりの回答書を軽く持ち上げ、再び彼女の胸元に突き返す。

「っ、え……?」

「この案件は、他の弁護士に回します。君には、その弁護士に就いてほしい」

淡々と、さらりと告げる彼の前で、聖子は大きく目を瞠った。

けれどすぐ、激しくかぶりを振る。

「嫌、嫌です……! 私は、所長……須藤先生に就いて、学びたいんです!」

櫂斗は、彼女に横目を流した。

「須藤先生の弁論は、原告被告の垣根を越えて、法廷にいる全員を引き込みます。その空気を肌で感じると、胸が沸いてゾクゾクするんです。私にとって須藤先生は、誰よりも偉大な弁護士なんです……！」

「買い被りすぎです」

「いいえ。私だけじゃありません。他のパラリーガルも、弁護士の先生たちも同じです。先生が所長になられて、法廷に立つ機会が減ったことを、みんなすごく残念に思ってます！」

ムキになって、真っ赤に頬を染めるのを見ていると、むしろ冷ややかな気分になっていく。

しかし、それを抑えて、表情を和らげてみせた。

「ありがとうございます。確かに、法廷に立つことは少なくなるかもしれません。これまで僕は、自分が請け負った案件にだけ邁進(まいしん)していればよかったが、今後は所長として、他の弁護士や後進の育成にも尽力する必要がありますから」

「須藤先生」

「でも、心配せずとも、僕はこの先一生弁護士ですから、いずれまた手を借りることもあるでしょう。その時のためにも、まずこの医療過誤訴訟で彦田さんを育てたい」

「え……？」

勢いを潜め、パチパチと瞬きをする彼女に、櫂斗はふっと微笑んだ。

「君は、僕の裁判を多くアシストしてくれた。その経験を生かして、この訴訟で他の弁護士をサポートしてください。今回、僕はアドバイザーに徹します」

「先生が、アドバイザー……」

聖子は呆然とした顔で、彼の言葉を反芻する。

櫂斗は、「ええ」と相槌を打った。

「君には期待してますが、所長の僕が直々に……というと、他の所員との間に角が立つ。早く弁護士資格を取って、この事務所の看板弁護士になってください」

そう言いながら、シャツの左袖をちょいと摘み、腕時計を覗かせる。

「すみません。この後来客の予定があるので、僕はこれで……」

「先生、待ってください」

聖子が、櫂斗の左腕を掴んだ。

「どうして所長になりたかったんですか」

訝しい顔を向ける彼に、グッと一歩近付く。

「法廷に立つ機会も減って……須藤先生には、なんのメリットもないじゃないですか」

なにかをこらえ、吐き捨てるように続ける彼女に、櫂斗は眉根を寄せた。

「三田村さんなんかと結婚してまで、所長になる必要がいったいどこに……！」

「黙れ」

感情を露わに、ヒステリックに叫ぶ彼女を、鋭く低い声で阻んだ。

一瞬怯(ひる)んだ聖子を執務机に追い詰め、その脇に片手をつく。

「す、須藤先生……？」

「どの口で、人を〝なんか〟呼ばわりする？　勝手な憶測で余計なことを勘繰る前に、俺が満足するような仕事ぶりを見せてみろ」

背を仰(の)け反(ぞ)らせて逃げる彼女を見下ろすように、グッと身を屈めて言葉を続ける。

聖子がごくりと唾を飲むのを見て、櫂斗はふっと目を細める。

「そもそも君は、俺の目的を勘違いしてる。俺は……」

再び口を開いて、続けようとした時。

「失礼します。須藤所長」

二度のノックの後、ドアの向こうから声がした。

櫂斗と聖子がハッと息をのむと同時に、遠慮がちにドアが開く。

そこから、葵がやや俯(うつむ)き加減に入ってきた。

「片山法律事務所の所長がお見えに……」

そう言いながら顔を上げ、ギクッとした様子で大きく目を瞠る。

それを見て、糴斗も我に返った。

サッと手を引っ込め、聖子に背を向ける。

「わかりました。すぐ行きます」

冷静に答え、軽くネクタイを締め直す糴斗の横を、聖子がバタバタと走り抜けた。

脇目も振らずに、ドアへと突進していく。

葵は反射的に横に逃げたが、わずかに遅い。

「あっ」

勢いよくぶつかられて、短い声をあげた。

「彦田さん……？」

目を丸くしたまま、廊下に駆け出していく背中を見送る。そして、何事かというような目で、糴斗を振り返った。

「あ、あの……」

「どの応接室ですか？」

糴斗は呼びかけを遮り、チェアの背もたれにかけてあった上着を掴むと、サッと袖を通した。

ボタンを留めながら、平静を装って問いかける。

しかし、彼女から返事はない。

「……葵？」

葵は、旧姓のまま仕事を続けている。

耀斗も、事務所ではこれまでと変わらず三田村さんと呼ぶ。

今、名前で呼びかけたのは、無意識だった。

「い、いえ。……第一応接室に、お通ししました」

葵は、なにか言いたげな様子だったが、結局彼の質問に答えただけだった。

「すぐに、お茶をお持ちしますね」

続けて、どこかぎこちない笑みを浮かべる。

「ええ。お願いします」

耀斗が来客応対に出る準備をするのを見て、一度会釈をして所長室を出ていった。

パタン、と静かにドアが閉まる音を聞いて、彼はふっと目線を上げる。

そして。

「…………」

口元に手を遣り、ひとり無言で思案した。

第一応接室にふたり分のコーヒーを運び終え、葵はドア口で一度黙礼してから、廊下に出た。

音を立てないよう、丁寧にドアを閉め、

「……ふう」

肩を動かして息を吐く。

(さっき……なにしてたんだろう)

櫂斗が、執務机に聖子を追い込んでいた。

会話の内容はわからないけど、所長と所員とは思えない、尋常じゃなく近い距離だった。

瞬時に、結婚前にあったふたりの噂が、葵の脳裏を掠めた。

そのことを彼に訊ねた時、『くだらなすぎてどうでもいい噂』と言われている。

しかし、実際に目にしてしまうと、肌が粟立った。

なにがあったのか聞こうとしたが、櫂斗に阻まれてしまった。

ごまかされた気がして、モヤモヤする。

葵は靴の爪先に目線を落とし、給湯室に向かって、とぼとぼと廊下を引き返した。

すると。

「三田村さん」

後ろから硬い声で呼び止められ、条件反射でビクッと肩を竦めた。

立ち止まってそっと振り返ると、どこか強張った顔をした聖子が、胸の前で腕組みをして立っている。

「あ……」

聖子は腕組みを解き、反射的に一歩後ずさった葵に、ツカツカと大きな歩幅で近付いてくる。

目の前まで迫ってきて、ピタリと足を止める彼女に怯み、葵は胸にお盆を抱きしめ、上目遣いで見上げた。

「あの……彦田さん、なにか？」

逃げ出したくなるのをこらえ、なんとか質問を挟む。

すると、聖子はムッと口元を歪めてから、胸を反らした。

「さっき……見たでしょ？　私と須藤先生」

「っ」

まさにそれを気にしていた葵は、不覚にも口ごもってしまった。

胸がざわめき、彼女の心中を探って、警戒心がよぎる。

それを見透かしたのか、聖子が満足げにほくそ笑んだ。

「須藤先生は、私に期待を寄せてくれているの。私に、この事務所の看板弁護士になってほしいって、そう言ってくれたわ」

「看板弁護士……」

「先生も、以前のように大型案件で法廷に立ちたいのよ。だから今は、自分の右腕になる弁護士を育てて、いずれはパートナーに昇格させる。所長業務をパートナーと半分に分ければ、可能じゃない？」

「それが……彦田さんだと？」

葵は、信じ難い思いでそう訊ねた。

それには、ふっと口角を上げただけの、肯定の笑みが返ってくる。

葵は目を伏せ、無言で唇を噛んだ。

「……ねえ、三田村さん。私の方が、須藤先生に相応しいと思わない？」

聖子が一歩踏み込み、ねっとりと絡んでくる。

「え？」

「あなたは、仕事ではまったく役に立たない妻だけど、私なら支えられる。もちろん、公私ともに」

　葵の隣に並ぶと、わざわざ背を屈め、声を潜めて耳打ちした。

「須藤先生も、私の力を求めているから……あんな風に」

（あんな風に……）

　彼女がなにを匂わせているか。

　網膜に焼きついている先ほどの光景が、残像のように目の前に浮かんできて、葵はギュッと目を閉じた。

　お盆を抱きしめた腕が、小刻みに震える。

「三田村さん。先生と別れて、解放してよ」

　さらに続く、遠慮のないひと言に胸を抉られた。

　カッとして、弾かれたように目を開け――。

「ど、どうしてそんなこと、彦田さんに……！」

「葵！」

　口走りかけた瞬間、鋭い声が割って入り、ハッとして言葉をのんだ。

　聖子とほとんど同時に、声の方向に顔を向ける。

「ちょっと、彦田さん。あなた、なにしてるの？」

先輩の和美が、険しい表情でこちらに走ってくる。

聖子がクッと眉根を寄せ、ふんと鼻を鳴らした。

「別に？　所長夫人に、事務所の体制について意見してただけよ」

素っ気なく言い捨て、和美が辿りつく前に踵を返す。

「あ、ちょっ……！」

「和美さん！」

追いかけようとする和美を、葵は腕を引いて止めた。

彼女が割って入ってくれたおかげで、激しく粟立った肌は鎮まっていた。

沸騰しかけた頭も、徐々に冷めていく。

「大丈夫です。事務所の体制について……その通り。その通りだから」

なんとか笑いかけると、和美は廊下の角を折れる聖子と交互に視線を遣って、

「……もうっ。葵ったら」

呆れたような溜め息をついた。

もう一度廊下の角の方を向いて、聖子の姿が見えないことを確認してから、不満げに顔を歪める。

「事務所の体制って？ それは葵じゃなくて、須藤所長に言うべきことじゃ……」

言いかけて、それもまた歓迎できない状況だと思ったのか、口を噤む。

無言で目を泳がせて、肩を落とした。

「ありがとうございます、和美さん」

葵はお礼を言って、彼女に微笑んでみせる。

「弁護士、パラリーガル、事務員……所員の声はどれも大事です。ちゃんと、所長にお伝えします。この事務所のことを考えてくれての意見なので」

そう続けながら、無意識に胸元をギュッと握りしめた。

しかし――。

（解放……）

葵の胸には、聖子のその言葉が、なによりも強く刻まれていた。


その夜――。

午後十一時。いつもより早く帰宅した櫂斗は、電気の落ちた暗いリビングに足を踏み入れ、コートとスーツの上着をソファに無造作に放ると、奥へと顔を向けた。

葵の部屋のドアの隙間から、細い明かりが漏れている。

「…………」

ネクタイを緩めながら、声をかけるべきか思案した。

今日の日中、来客を伝えに所長室にやってきた葵に、聖子とのやり取りを見られた後、事務所では話す時間を取れなかった。

(ごまかした……と思われたよな。多分)

見られたタイミングが悪く、誤解を招く状況だったことは自覚している。

彼自身には、あの時のやり取りについて、疚(やま)しいことはなにもない。しかし、葵はなにか聞きたげだった。

とっさに平常心で対して、彼女の疑問を摘み取ってしまったが、今になって、すぐに説明すべきだったのでは?と心を揺らしていた。

(でも、今さらなんて言えばいい)

〝言葉〟を武器に、数々の法廷で相手を論破してきた櫂斗は、余計なことを言って窮地に追い込まれる苦さも熟知している。

今も同じ。

時間が経って、下手に蒸し返しても、言い訳としか受け取られないのでは……?

柄にもなく逡巡しているうちに、葵の部屋の電気は消えてしまった。

ドアの隙間から漏れていた明かりが絶え、リビングの闇が濃くなり、重みを増す。

「あ……」

無意識に部屋の方に足を踏み出そうとして、すんでのところで思い留まった。

（いや……。睡眠の邪魔をしてまで、話すことじゃない）

なんとなく視線を動かすと、ダイニングテーブルの上の、ラップに包まれた皿が目に留まる。

『擢斗さん、お帰りなさい。お疲れ様です。今日はサンドウィッチです』

彼女と結婚生活を始めてから、まだほんの二カ月足らず。

しかし、ほとんど毎日目にして、今や目蓋の裏に焼きついている、葵の繊細な文字。

彼女はいつも、このメッセージカードと一緒に、この時間から食べても、胃に重くない程度の夜食を用意してくれていた。

今夜は、レタスにきゅうり、ハムとチーズを挟んだ、小ぶりなサンドウィッチが四切れ。

擢斗は、メッセージカードを、上着の胸ポケットに滑らせた。ラップを外して、サンドウィッチを一切れ、指で摘み上げる。

ダイニングテーブルに浅く腰かけ、口に運んだ。

マヨネーズとマスタードを塗ったサンドウィッチは、パクパク進む。
毎晩、彼女が用意してくれる夜食を楽しみにしている。
しかし、それはつまり、一緒に食卓を囲むことが、ほとんどないということ――。
「……ふう」
サンドウィッチをすべて食べ終え、櫂斗は天井を見上げて小さな息を吐いた。
再び、今日のことを、葵に説明すべきか迷いながら――。
結局、かぶりを振って打ち消した。

離婚へのプレリュード

日に日に寒さが厳しさを増す、クリスマスを目前にした土曜日。

前日、夜中まで仕事をして明け方近くに帰ってきた櫂斗は、昼を過ぎてようやく起き出し、寝室を出た。

少し寝癖のついた髪をかき上げ、無意識に漏れる欠伸(あくび)を噛み殺しながら、階段を下りる。

リビングに入ると、彼に気付いた葵が、「あ」と言って振り返った。

「おはようございます、櫂斗さん」

「……おはよう。どこか、出かけるんですか?」

起き抜けで、寝間着にしているスウェットのままの自分と違い、彼女の方はメイクを終えている。

いつも胸元に垂らしている柔らかそうな長い髪は、頭の後ろ、ちょうど真ん中ほどの高さで、緩くひとつにまとめられている。

服装は、いつも事務所で見る時よりも、ラフでカジュアル。どちらかというと地味な、グレーのニットとボックスプリーツのロングスカートだが、外出支度を終えたところ、と見て間違いないだろう。

「はい」

葵は身を屈めて、ソファに置いたバッグの中身を確認しながら、短い返事をした。

「父のお見舞いに行こうかと」

「お見舞い……そうですか」

燿斗も相槌で返してから、壁の時計をちらりと見上げる。

時計の針は、正午を少し回ったところだ。

弁護士を引退して事務所を去った所長は、ペインケアを受けるために大学病院に入院していた。面会時間は、土日祝日は午前十時からのはずだ。

「燿斗さん。お昼ご飯、焼きうどん作ってあります。テーブルに置いてあるので、よかったら食べてください」

「ああ……はい。いつもありがとう」

「いいえ。それじゃあ、行ってきます」

葵はニコッと笑ってから、コートを腕にかけ、彼の横を通り過ぎようとした。

それを、

「待って」

　耀斗は、とっさに肘を掴んで止めた。

「え？」

　立ち止まった葵が、目を丸くして振り仰ぐ。

「あ。すみません」

　耀斗はパッと手を離してから、彼女に首を傾げてみせた。

「ええと……。今日は僕も休みですし、一緒に行ってはいけませんか？　所長の見舞い」

「え？　耀斗さんも……ですか？」

　葵は意外そうな顔で、パチパチと瞬きを返してくる。

　そんな彼女に、耀斗は「はは」と苦笑した。

「そんなに驚くことですか？　所長は、今は僕の義父でもある。入院中に、妻と一緒に見舞うくらい、当然でしょう。むしろ、今まで行けなかったのが申し訳ない」

　葵が、「そうですよね」と、ややあたふたした様子を見せる。

「耀斗さんは私の旦那様で、私は妻、父は義父……」

　わざわざ、といった感じで口にする。

自分に言い聞かせて、意識に刷り込む彼女に、櫂斗の胸がチクッと痛んだ。

一緒に暮らし始めて、もうすぐ丸二カ月を迎える。

しかし、ふたりの生活も関係も、新婚夫婦にはほど遠い。

その一番の要因、寝室を共にしないことに対しても、櫂斗はもっともらしい言い訳をして、説き伏せたまま。

あの後、葵はなにも言ってこないが、それで納得したとは思わない。

彼女の中で、自分への不満が払拭されていないのは、よくわかっている。

所長との約束を明かせない以上、〝夫婦生活〟を始めることはできなくても、こうして時々でもそれらしく振る舞うこと。これが、今、櫂斗にとって精いっぱいの誠意だ。

彼が〝夫婦〟という関係を強調したことに戸惑い、目を泳がせる葵に、一抹の寂しさを覚える。

そんな感情をおくびにも出さず、櫂斗は目尻を下げて笑った。

「十分待ってもらえますか。すぐに支度をします」

彼女の肩をポンと叩き、返事を待たずに洗面所に向かった。

「あ、はい。ええと、ごゆっくり……」

リビングを出た時やっと、彼女がそう返すのが聞こえた。

父が入院している大学病院は、マンションから電車で小一時間かかる東京郊外にある。

少し遠いのもあり、櫂斗が車を出すと申し出てくれたが、葵はそれを断った。

(初めての〝デート〟なのに、いきなりドライブなんて緊張する。ただでさえ、なにを話していいかわからないのに……)

父の見舞いに行くだけだが、これが初めての夫婦ふたりでの外出。恋愛経験のない葵にとっては、人生初の〝デート〟だ。

外の空気は冷たいけれど、空はすっきりした冬晴れ。

一緒に歩くだけでも緊張するが、狭い車内でふたりきりよりは、いくらか話題も見つかりそうだ。

途中、病室に飾る花束を購入した。

のんびりと電車に揺られ、病院のある大学キャンパスに到着した時、すでに午後二時近かった。

大学病院は、医学部棟と隣接して建っている。

正門から中に進んでいくと、土曜日の午後にもかかわらず、キャンパス内には多くの学生が行き交っていた。

ここに来るまで、電車の中で居眠りしていた櫂斗も、通り過ぎる学生や、賑（にぎ）やかに騒ぐサークル集団を眺め、ほんのわずかに相好を崩している。

その横顔を隣から見上げ、葵もつられて微笑んだ。

（学生時代のこと、思い出してるのかな）

彼は在学中に司法試験に合格し、学生のうちから三田村総合法律事務所に入職して、法廷を学んでいた。

葵はその頃の彼を知らないが、きっと、上品でもの静かで、落ち着き払ったこの雰囲気は、学生時代から変わらないだろうと想像する。

「ふふっ……」

今より十歳若い彼を脳裏に描き、なんとなく微笑ましい気分で声を漏らした。

「どうしたの？」

それを聞き拾った櫂斗が、不思議そうな顔をして小首を傾げている。

「あ。いえ、すみません」

慌てて取り繕って、ぎこちない笑みを浮かべる。

彼は、彼女をジッと見つめてから、ふっと目尻を下げた。

「もしかして、僕と同じことを考えていたかな」

「え？」

意外な言葉をかけられ、葵は短く聞き返した。

「君は、どんな学生生活を過ごしたんだろう、と。学生たちを見ていたら、大学生の葵を想像しました」

「！」

「……といっても、君の場合まだほんの五年前でしたか。それほど変わらないのかな」

目元を和らげる櫂斗に、胸がドキンと音を立てて跳ね上がった。

意図せず頬が熱くなり、慌てて俯いて逃げると、頭上からクックッと楽しげな含み笑いが降ってくる。

「もしかして、君も僕のことを？」

「は、はい。当たり、です……」

想像していたのを見透かされたことより、彼の頭の中で学生時代の自分を描かれていたことの方が気恥ずかしい。

火照った頬を冷やそうと、手をヒラヒラさせて風を送る。

「櫂斗さんは、学生のうちに司法試験に合格されたそうだから。きっと試験勉強に忙しかっただろうな、とか。サークル活動なんかできなかっただろうな、とか……」

気を取り直して、会話を広げてみる。

それには彼も、わずかに目を伏せ、吐息混じりに笑った。

「別に、勉強ばかりしてたわけじゃない。サークル活動にも参加してましたよ。まあ……人付き合いが面倒で、事務所に入職してからは、ほとんど放置していましたが」

「！　そ、そうなんですね」

意外に思いながら、ふと疑問がよぎり、彼の横顔を探ってみる。

「ん？」と訝しそうに首を傾げて促され……。

「彼女……とかも、いましたか？」

立入禁止区域内に踏み入るような気もして、葵はためらいながら遠慮がちに質問を口にした。

櫂斗は一度瞬きをしてから、明後日の方向に目を遣り、

「僕の大学生活は、君が思うよりは人並みだった……とだけ、お答えしておきます」

意味深な笑みで口角を歪め、焦らすようにうそぶく。

葵はなぜだか胸をドキッと弾ませ、ほんの少し唇を尖らせた。

「思わせぶりな返事……」

「そうですか？」

「勝手に想像してもいいでしょうか。櫂斗さんはその頃から女性に人気があって、人付き合いが面倒になったのも、言い寄られることが多くて困ったからとか」

「驚いたな。葵って、結構妄想力が逞しいんですね。まあ、想像にお任せしますよ」

さすがに櫂斗もやや苦笑気味で、スマートに答えをかわしてくれる。

葵もまた、さらにムキになっていた。

「彦田さんみたいにアクティブで華やかな、サークル一……いえ、大学一の美女の間で取り合いになったとか……」

考えなしに言ってしまってから、ハッとして続きをのみ込む。

隣を歩く櫂斗がピクッと反応した気配を、空気の振動が教えてくれたような気がした。

（どうしよう。今私、絶対余計なこと言った）

聖子に櫂斗と別れろと言われた日から、彼の前でその話題を口にしないよう、彼女の存在は、意識的に頭の中から排除していた。

そのせいか、潜在意識の中でずっと気にしてばかりで、無意識にその名が口をついて出てしまったのだ。

耀斗の耳にも入ったはずなのに無言でいるから、どう取り繕っていいかわからない。

(ちょっと、いい感じの空気になってたのに……)

迂闊な自分が情けなくて、葵は大きく俯いて、足元を見据えた。

と、その瞬間。

「葵。手を」

声のトーンを明るく転調させた耀斗が、どこまでも自然にスマートに、手を取る。

「あ」

ドキッと心臓が跳ね上がり、葵はとっさに手を引っ込めようとしてしまった。

しかし、それより一瞬早く、彼の大きな手に、離さないというような力がこもる。

「か、耀斗さ……」

「葵、見て。ほら、あそこ」

焦る彼女をよそに、耀斗は背を屈めて、耳元にコソッと囁きかけてくる。

「学生同士のカップルは、もっと堂々と手を繋いでる。僕たちは夫婦なんだから、負けてられません」

どんな負けん気なのか……。

葵は、促された方向に目を泳がせる。

そこには確かに、若い学生カップルが人目も憚らず、ぴったりと身を寄せて歩いていた。

「そ、そうですけど……」

揃いの結婚指輪を嵌めた左手に、指を絡めて繋がれた彼の右手。

俗に言う恋人繋ぎはもちろん初めてで、葵の鼓動は激しく高鳴ってしまう。

自分が不用意に聖子の名を口にしたせいで生じた気まずい空気を、払拭させようとしてくれての行動だろう。

わかってはいても、頭のてっぺんから、シューッと音を立てて蒸気を噴射しそうなほど、顔が赤くなってしまう。

そんな彼女を、燿斗はまだクスクス笑っている。

「このくらいでそんな顔してると、学生に笑われますよ」

「だ、だって」

「さ、早く所長の見舞いに行きましょう」

言い返す葵に歩を促すように、繋いだ手をグイと引っ張る。

「は、い……」

葵はまだ顔を上げることができず、自分の足元ばかり見つめたまま。一歩先を行く彼に手を引かれて、キャンパスの奥にある病院に向かって歩いていった。

父は、十階の内科病棟に入院している。

このフロアの一番端の個室。

葵は櫂斗を導くように、一歩前を進んでいき、

「お父さん、こんにちは」

ドアをノックしてから、声をかけた。

「葵か。どうぞ」

中からの応答を待って、スライド式のドアを開ける。

病室は十二畳ほどの広さで、真ん中に悠々と置かれたベッドの上に、父は足を伸ばして座っていた。

足の上に開いていた雑誌から顔を上げ、ゆっくり戸口の方を向く。その視線は葵を通り越し、後ろから入ってきた櫂斗の上で留まった。

「お加減、いかがですか？　所長」

「おや。君も来てくれたのか、須藤君」

父が、驚いたように目を瞠る。

意外そうな反応に、櫂斗は目を細めて苦笑した。

「所長。僕は葵さんの夫ですよ。義父になった上司の見舞い、一緒に来るのが当たり前じゃないですか。……といっても、今日まで来られずに、申し訳ありません」

ベッドサイドに立った葵は、彼を肩越しに振り返った。

ここでも、〝夫婦〟という関係を強調されて、なんとなくくすぐったい。

先ほどまで繋いでいた手も、まだほんのりと温かいから、胸がドキッと騒いでしまう。

「訴訟の依頼も引き受けているんだろう。忙しいんじゃないか？　葵からも、毎日、日付が変わらないと帰ってこないと聞いているよ」

「依頼の段階で、法廷に持ち込むことになりそうな案件は控えてますよ。示談で済むか、訴訟取り下げに持っていけるものを選んでますので」

櫂斗は、特段表情も変えずに、淡々と話す。

父も愉快そうに、肩を揺すって笑った。

「頼もしい限りだな。……葵。そこに椅子があるから、こちらに持ってきてくれるか？」

「はい」

葵は、壁際に畳まれていたパイプ椅子をふたつ、ベッドサイドに持ってくる。

「燿斗さん、どうぞ」

「ありがとう、葵」

にっこり笑って丁寧なお礼を言われ、はにかんでみせた。

父はふたりに、交互に視線を向けてきたけれど。

「須藤君は根っからの仕事人間だから、いくら新婚とはいえ、ゆっくり会話をすることもままならないだろうと思っていたんだが……思っていたより、仲良くやっているようだな」

足の上の雑誌を閉じ、探るように訊ねてくる。

葵は、パイプ椅子を開こうとした手を、ピクリと震わせた。

しかし、燿斗の方は、気に留める様子もなく、

「ええ。……ね？　葵」

わずかに目尻を下げ、同意を求めて笑いかける。

葵は、それが正しいかどうか迷った。

しかし、父の前で、なんと答えていいかわからず、

「……は、い」

肯定の返事をしたものの、だいぶぎこちなくなってしまった。

同意を示したわりに不自然になったと自覚しているから、口を噤む。

伏し目がちに椅子を開き、燿斗の隣に並べて腰を下ろした。

その間、父は彼女をジッと見つめていたけれど。

「それはなにより。須藤君、これからも葵をよろしく頼むよ」

すぐに燿斗に視線を流し、朗らかに声をかける。

「ええ。もちろん」

即答する燿斗の横顔を、葵はそっと横目で窺った。

父にまっすぐ視線を返す彼は、いつもと変わらず涼やかだ。

それもあって、葵には彼の本心が読めない。

(仲良くやってる……のかな……)

ここに来るまでのことを思い出し、ドキッとしながら俯いた。

燿斗がそう思っているのなら、父の前で、あえて否定する必要はない。

しかし、彼との間に、根本的な認識の違いがあるような気もして、心は曖昧に揺れる。

耀斗は相変わらず、事務所では自分よりも聖子と話すことの方が多い。

病気の父に心配をかけたくないけど、胸に芽生えた彼への不信感はどうにもならない。

今まで、ひとりで父を見舞うたびに、『耀斗さんは仕事が忙しくて、ほとんど家にいないんです』と、不満を押し殺して話していた。

（耀斗さん、彦田さんのこと、どう思ってるんだろう）

今、聖子は、耀斗が担当していた案件を引き継いだ、別の弁護士のアシスタントに就いている。彼のアシスタントに就くことが多かった彼女なら、力になれるというのが決定理由だそうだが、

『須藤先生は、私に期待を寄せてくれているの』

得意げに上から目線でぶつけられた言葉も、嘘ではないとわかり、愕然とした。

だからこそ、耀斗には彼女の方が相応しい、彼自身もそう思っているんじゃないか……と張り裂けそうな想いに駆られ、胸を痛めてきた。

そう、先ほどまで繋いでいた手に、温もりが残っていなければ、『仲良くやってるわけがない』と、父の前で口走っていたかもしれない——。

「葵？　どうした？」

気分が沈んだのが伝わってしまったのか、父が声を潜めて呼びかけてきた。

ハッと我に返って顔を上げると、ベッド上の父だけでなく、隣にいる櫂斗も訝しげな目を向けている。

「い、いいえ。なんでも」

葵は取ってつけたような返事をして、勢いよく立ち上がった。

そのはずみで、パイプ椅子がガタンと音を立てる。

「葵？」

眉間に皺を寄せて見上げてくる櫂斗にそう言って笑いかけ、ベッドサイドの床頭台から、花瓶を持ち上げる。

「ええと……そ、そうだ。私、お花、花瓶に生けてきますね」

持参した花束を手に、ふたりに軽く頭を下げ、いそいそと病室を出た。

ドアを閉め、そこに背を預けると、

「……はあ」

声に出して溜め息をつき、無意識に低い天井を見上げる。

ドア越しに、事務所の経営を話題にするふたりの声が聞こえてくる。

葵はそれを耳にしながら、気を取り直して背を起こした。

そこに。

「葵のあの様子を見ても、君が娘を大事にしてくれているのが伝わってくるな。ありがとう、須藤君」

父の安堵したような声に、廊下に踏み出そうとした足を止めた。

「事務所のことも。君を選んで正解だった」

父がそう続けて、愉快げにクックッと笑い声を漏らす。

その言い回しがなにか気になり、葵はそっと背後を振り返った。

「大事にしてますよ。事務所と一緒に差し出されたからには」

わずかな間の後、櫂斗がそう返した。

「所長の心情は、わきまえています。でもまあ、一緒に暮らしていると、匙加減が難しいですけどね」

「病人を不安がらせるようなことを言うな。君ならできるだろう」

「……ええ。普段から徹底してますので、ご心配なく。葵を愛したりしませんから」

（——え？）

櫂斗の低く抑揚のない声を拾って、葵の胸はドクッと嫌な音を立てて沸き立つ。

父の返事は聞こえない。ただ、くぐもった笑い声が漏れてくるだけだ。

（なに？　ふたりはなにを話しているの？）

自分の耳を疑って、葵はドアに向き直って立ち尽くした。

事務所と一緒に差し出されたとか……さっぱり話が見えない。

そして、なにより……。

（私を愛したりしないって……なに？）

戸惑いで瞳を揺らした時、聖子たちパラリーガルの陰口が脳裏に浮かんだ。

『きっと、須藤先生が狙ったのは、この事務所の所長の座よ。それで彼女を利用したとか……』

「っ……」

思わず、小さく息をのむ。

あれを聞いた時、彼女たちの言う通りだったらよかったのに、と思った。

櫂斗の真意が事務所を手に入れることだとしても、そのために利用されたのなら、自分にも少なからず価値があったと考えていいのだ、と。

しかし、今の話では、まったく違う。

それどころか——。

（お父さんが選んだって、どういうこと？　あのプロポーズは櫂斗さんの意思ではなく、お父さんから出された条件で……まさか、櫂斗さんは私を押しつけられただけ？）

それなら、自分はただのお荷物なのでは――？

激しい混乱で、めまいを覚える。

葵は両腕で花瓶と花束を抱え、ヨロヨロと数歩進んで廊下の壁にもたれかかった。

固く目を閉じ、やり過ごそうとすると。

「大丈夫ですか？」

前方から看護師に声をかけられ、ハッとして目を開ける。

「は、はい」

背にした父の病室を気にしながら、慌てて頷いて返事をする。

肩も首も縮めて、そそくさとその場から離れた。

「葵のあの様子を見ても、君が娘を〝大事〟にしてくれているのが伝わってくるな」

現在の事務所経営について、櫂斗が簡単に報告を終えると、所長がおもむろに切り出した。

「ありがとう、須藤君」

櫂斗は一度唇を結び、ゆっくりと目線を返す。

ベッドの上の所長と、視線が絡み合った。

口調には安堵の色が漂っているが、彼の目には現役を退いた今もなお変わらない、鋭い光が宿っている。

「〝大事〟にしてますよ。事務所と一緒に差し出されたからには」

なんと返すべきか。わずかの間逡巡して、櫂斗はそう口にした。

それを聞いた所長が、どこか狡猾な笑みを浮かべる。

(予防線……か)

心の中で納得しながら、櫂斗は先ほど病室から出ていった葵を気にして、ドアの方を見遣った。

父親を前に、彼女が返した反応は、すべて彼の想定通りだった。

葵は、入院している余命幾ばくもない父親に心配をかけまいと、夫婦円満を装う。

しかし櫂斗との新婚生活への不満は隠しきれず、父親の顔をまっすぐ見ることができない。結果、笑顔はぎこちなくなる……。

まさに、〝嘘〟をつく人間の、典型的行動を踏破してくれた。

そして所長も、彼女の言葉ではなく、仕草や目線に注視した。

葵は、櫂斗と仲良くやれているのか、自信を持てない。結婚して二カ月になるのに、いまだ夫婦生活がないためだ。

所長は、自身との約束が守られているか、彼女の反応をもって確認したのだ。

その上で、彼の前に、さらなる予防線を張っている――。

糴斗も、もちろんわかっている。だから、所長が望む返事を口にした。

「所長の心情は、わきまえています。でもまあ、一緒に暮らしていると、匙加減が難しいですけどね」

「病人を不安がらせるようなことを言うな。君ならできるだろう」

「……ええ。普段から徹底してますので、ご心配なく。葵を愛したりしませんから」

それが正解だったのは、所長が満足げにくぐもった声で笑ったことから、判断できる。

肩を揺らす所長を見つめ、まるで狸と狐の化かし合いのようだな、と思った。

どこか忌々しい気分になり、心の中で小さな舌打ちをする。

詳しい事情を聞けずにいるから、これは推測でしかないが――。

所長は自分の死後、ひとりぼっちになる娘が心配で所帯を持たせはしたが、彼女が妊娠・出産するのを恐れている。

そう、出産で命を落とした亡き妻に、完全に葵を重ねているせいだ。

そこに気付いた後、櫂斗は職員健診の控えを引っ張り出し、葵の健康状態を確認した。

葵は本当に、出産が命取りになるほどの虚弱体質なのかどうか。

健診の結果を見る限り、貧血ではあるがほぼ健康体と言っていい。

念には念を、というつもりで、これまで〝助けて〟きた病院の医師数人に、健診データを診てもらった。すべての医師から、『健康状態に懸念なし』との回答を得ている。

所長は、妻を失ったトラウマから、妄念（もうねん）に取り憑（つ）かれているだけだ。

（葵を愛するなというのは、万が一にも妊娠するような事態を招かないため。触れるな、抱くな、孕（はら）ませるな……もちろん、孫など欲していない）

櫂斗はそう判断していた。

所長の心配が杞憂（きゆう）であるなら、たとえ恩師との〝約束〟だとしても、守る必要など――。

「須藤君。葵のこと、くれぐれも頼むよ」

所長から声をかけられ、ハッと我に返った。

「あ、はい」

一瞬、思考の深みにはまりかけていた自分を呼び起こし、スッと背筋を伸ばす。

「それで？　今君は、所長業務の傍らで、どんな案件を担当しているんだね？」

所長はそれまでの話題を引き取って、仕事の話題に転じてきた。

葵から話が逸れたことにホッとして、耀斗もやや警戒を緩める。

「急逝した財産家の遺産相続問題です」

「ほう？」

弁護士の義父といえど、今は引退して事務所を離れた所長には、守秘義務のもと、詳細を語ることはできない。

それでも、興味津々の様子を見て、耀斗はわずかに俯いた。

「まだお若かったので、遺言書がありません。そのため、遺族間で骨肉の争いに発展しています」

物語でも読むように、淡々とそれだけ告げると、

「故人との口約束……死因贈与を主張する遺族がいるんだな」

彼の短い言葉だけで、現状を見抜いた所長が口を挟む。

耀斗は「ええ」と腕組みをして、溜め息で返した。

「言った言わない……の水掛け論。事務所の応接室に遺族が全員揃うと、地獄絵図の

ような様相です」

らしくなく、うんざりした顔をする彼を、所長はおもしろそうにクックッと笑う。

「相続に関して、口約束は有効ではない。しかし、遺言書がない以上、故人の遺志を証明できさえすれば、がっぽり独り占めも可能だからな」

「……ええ」

耀斗は眉間に皺を寄せ、ふっと目線を横に流した。

『口約束は有効ではない』――。

「相続とはなんら関係ない口約束なら、そもそも人を縛るほどの効力など……」

「え？」

無意識に独り言ちたのを聞き留められ、きゅっと口を噤む。

「いえ……なんでもありません」

とっさに浮かべた笑みで、取り繕った。

(俺と葵の問題は、法律で定められることじゃない)

例えを挙げれば、肖像権は、本人の死亡と同時に消滅する。しかし、著作権は死後七十年保護される。

耀斗は今、所長の死後、葵を愛さないという約束を失効させることの善悪を、法律に委ねようとした。

そんなことを裁定する法律など、あるわけがない。

（俺は、バカか。この期に及んで、なにを所長に確認しようと……）

当事者同士の関係の強さ、約束の重み。守るか破るかは、残された者の良心の問題だ。

答えは、自分の中にある——。

大学病院を出て、来た時と同じ道を辿り、最寄り駅に戻ってきた。

タイミングよくホームに進入してきた電車に、葵は櫂斗の後から乗り込んだ。

土曜日の午後四時。

都心に向かうにはやや中途半端な時間のせいか、電車は空席が目立つ。

「所長。楽しそうでしたね」

長い座席の一番端に腰かけた櫂斗が、隣に並んだ彼女に声をかけた。

どこか声を弾ませる彼の横顔を、葵はそっと窺う。

「櫂斗さんが来てくれて、嬉しかったからです。きっと」

そう返すと、彼は「はは」と乾いた笑い声を漏らした。

「僕じゃなく、葵の顔を見ることができたからでしょう。所長は、本当に君を大切にしてるから」

「…………」

何気ない応答に、葵はきゅっと唇を結んだ。

（そう。お父さんの人生で大事なものは、お母さんと私、それから事務所）

自分の余命を知って、事務所を託すのに櫂斗を選び、併せて娘の人生も任せた。

そういうことなんだろう。

「もっと近い病院なら、仕事の合間や帰りに立ち寄ることもできるのに。どうして所長は、こんな遠い病院を選んだんです？」

櫂斗は、彼女が黙り込んだのは気にせず、質問を続けてくる。

「都心の病院では、所員の耳に入るリスクが高いと、判断したそうです」

葵がぼんやりしながら答えると、「え？」と聞き返した。

「なぜ？ 所長は社交的だし、弁護士仲間も多い。きっと、大勢で見舞いに来てくれる」

「だからです。そうやって訪ねてきてくれる人たちに、弱っていく姿を見せて、心配してほしくないんだと」

父が癌に罹患したと知って、自分なりに調べてみた。

今は、葵や櫂斗の目にも〝元気〟な父も、実際は、医師から手の施しようがないと宣告を受けている患者だ。

そう待つことなく、末期癌症状の苦しみに襲われる。

黄疸や腹水、るい痩に疼痛――。

葵も、衰え、もがき苦しむ父を見るのがつらいし、怖い。

見ていられず目を背けてしまうだろうし、もしかしたら、病院に足を運ぶことすら、できなくなるかもしれない。

いや、自分がそう思うより前に、父の方から『もう来るな』と言うだろうか。

その時父は、病院が都心から離れていて、不便なことを言い訳にするかもしれない……。

櫂斗は、口に手を遣って「ああ」と頷いた。

「そう……ですよね。特に所長は、強い弁護士だったから」

どこかしんみりと言って、顎を撫でる彼を、葵はジッと見つめた。

視界の真ん中で捉えていたはずが、いつの間にか焦点が狂い、瞳の中でぼやけていく。

それと比例して、彼の声も遠くなる――。

（擢斗さんにとって私は、お父さんから事務所と一緒に押しつけられただけの、邪魔なお荷物……）

知ってしまえば、今まで疑問に思ったこと、すべてに説明がつく。

彼は葵にプロポーズした時、恋心を抱いていたと告げた。

動じる様子もなく、あまりにスマートに言われたから、嬉しさも手伝ってうっかり信じてしまったけれど、その直前まで、葵はこう思っていたのだ。

『でも……須藤先生。私のこと、好きでもなんでもないですよね……？』

擢斗には、以前から聖子と噂があった。

そんな彼から、突然で順序違いのプロポーズ。

それは、父から、病気と弁護士引退を告白されてすぐのことだ。

擢斗は、『交際開始より結婚の報告をした方が、所長も安心して治療に臨めるのでは？』と理由付けした。

その上、いきなり甘いキスをして、疑惑の芽を呆気なく摘み取った。

思い返すまでもなく、不自然で不可解でしかない。

なのになぜ、自分の肌が不審に粟立つ感覚を、やり過ごしてしまったのだろう――。

「葵」

思考にどっぷり浸かっていた葵は、意識に割って入ってきた櫂斗の声で、ハッと我に返った。

いつの間にか、膝の上の手に落としていた目線を上げると、こちらを向いた彼と目が合った。

「それなら、なおさら。所長は元来、賑やかなことが好きだから。遠い病院の個室でひとりきりは寂しいでしょう」

櫂斗はそう言って、わずかに目尻を下げる。

「僕と君は、最期までそばにいよう。ふたりで一緒に」

葵が、父の最期を看取ることを怖がったのを、見透かすような口調だった。

『一緒に』と、背中を押して手を引いてくれる、強い色を湛えた瞳の前で、葵はグッと言葉をのむ。

「は、い……」

喉に引っかかり、音にしにくい声で、なんとか短い返事をした。

彼は葵の反応を確認すると、目を細めて頷いて、胸の前で大きく腕組みをした。

顎を引いて俯き、目蓋を閉じるのを見て、葵は唇を噛みしめる。

事務所に所属する、多数の優秀な弁護士の中でも、父は特に櫂斗を信頼していた。人生において大事なものを彼に託したのは、自分の最期までそばにおきたい部下だからに違いない。

(だったら、お父さんを看取るまで……)

日頃の疲れからか、櫂斗は目を閉じてすぐ、手摺りに身を傾け、寝入ってしまった。伏せられた、男性にしては長い睫毛を見つめて、葵は胸元を握りしめた。

「その後は、〝解放〟が正しいですね。……離婚しましょう」

実際、声になったのか。

それとも、そういう形に、唇を動かしただけだったか——。

どちらにしても、葵の悲壮な決意は、眠ってしまった櫂斗の意識に入り込むことはなかった。

理性を崩壊させる解放

翌年、十月。

父は、永遠の眠りについた。

末期癌の疼痛は、相当なものだったはずだ。

だけど、医師から宣告された余命半年を越えて生き抜いた父は、とても穏やかな最期を迎えた。

『葵さんと旦那さんのおかげですね』

いつも診てくれていた主治医も、驚くほど――。

葵も、すべて櫂斗のおかげだと思う。

一年前、葵と結婚して所長に就任した櫂斗は、所長業務が軌道に乗り始めると、法廷案件にも少しずつ着手していった。

弁論の準備に追われ、身を削るような忙しさの中でも、仕事を休める週末は、できる限り一緒に、父のお見舞いに来てくれた。

父と彼、ふたりがやり取りする姿は、最初こそ、葵の目からも〝ボスと部下〟の域を越えていないように見えたけれど、いつしか〝義父と娘婿〟に変わっていった。

父は、燿斗に大事なものをふたつ託すことができて心底安堵し、また幸せだったのだろう。

入院して三カ月が経った頃から、熱が続いたり体調不良な日が増えた。それと共に徐々に痩せていき、体力の低下が著しくても、彼の顔を見るといつも嬉しそうだった。

最期の時を、燿斗を真の息子と信頼を寄せて迎えることができたと、葵は確信している。

『燿斗君、葵を頼む』

父は、酸素マスクにくぐもって聞き取りづらい声で、途切れ途切れに言った。

死を目前にして濁った目と、点滴やモニターが繋がった腕を宙に彷徨わせ、燿斗を捜す仕草を見せた。

すっかり痩せ細り、骨と皮だけのようになった父の手を取り、燿斗ははっきりと応えた。

『お任せください』

葵は胸を熱くして、声を失った。

彼の返事を聞いて、父はゆっくり目を閉じた。

そして、そのまま、再び開くことはなく――葵と櫂斗に見守られて、死去した。

訃報は、事務所の所員にも伝えられた。

前所長が病気療養中だったことすら知らない、彼らの動揺は大きかった。

大多数の所員は、前所長の突然の死を信じられない様子で、通夜に訪れた。

喪主を務めた葵は、多くの弁護士仲間が葬儀に参列してくれたのを見て、父がたくさんの人に慕われていたことを、改めて実感した。

偉大な弁護士だった父が誇らしい。父の娘として生まれてこられて、嬉しい。そんな父を失った悲しみ――。

いろいろな感情にのまれ、喪主の挨拶の途中で声を詰まらせ、それ以上話せなくなってしまった。

ずっと隣にいた櫂斗が、その肩を抱いた。

必死に嗚咽（おえつ）をこらえようとする葵に代わって、挨拶の続きを引き取ってくれた。

父が人生において一番大事にしてきた事務所と葵を、しっかりと支える力強い姿は、参列した所員や弁護士たちの心を真正面から揺さぶった。

『義父の遺志を受け継ぎ、彼がこの世に遺した大切なものを、私の一生をかけて守り抜く所存です』

　櫂斗の真摯な決意と誓いの言葉に、静かなすすり泣きの声がやまなかった。

　きっと父も、頼もしい後継者の姿をしっかり見届けて、安らかに天国へと旅立つことができただろう。

　葬儀の後も、葵は参列してくれた人へのお礼や香典返しなどに忙しく動き回り、時間はあっという間に過ぎていった。

　そして今日。十一月、やや冷たい木枯らしが吹く中、四十九日の法要を執り行い、納骨を済ませた。

　父を送り出す儀礼は、これですべて終わった。

「さあ、葵。帰ろう」

　真新しい墓に色とりどりの花を飾り、しゃがみ込んで両手を合わせる彼女を、櫂斗が短く促した。

「はい」

　葵もゆっくり立ち上がる。

　先に墓苑の出入口に向かう広い背中を見つめ、無意識に唇を噛んだ。

　去年の十二月――。

病院で父と櫂斗が話しているのを聞いた時、胸の奥底で固めた決意は変わらない。いや、父が亡くなるまでと決め、看取りを終えて、そのタイムリミットをすでに越えている今、より堅固になっていた。

目を閉じると浮かんでくるのは、いつだったか、所長室で親密な様子で話していた、櫂斗と聖子の姿だ。

その時のことを、彼に問い質したことはない。

彼の方も、説明の必要もないと思っているのか、話題に上がったこともなかった。

だから葵は、ふたりの関係性について、本当のところはなにも知らない。

だけど……。

聖子から、櫂斗を解放しろと言われたことも思い出す。

とっくに、意志は固まっている。

「解放、しなきゃ」

この距離で聞こえたはずはないけれど、櫂斗が出入口で足を止めた。

「葵？」

ついてこない彼女を、訝しげに振り返る。

「すみません。今行きます」

葵は彼にそう答え、もう一度父の墓に目を落とした。

そして。

「ごめんね、お父さん」

(でも私、ひとりで大丈夫だから。櫂斗さんには、自由になってもらうね)

葵はほんのわずかに名残り惜しい気分で、彼を追って小走りで急いだ。


午後十時過ぎ。

入浴を終えた葵は、櫂斗の書斎の前に立った。

一度ドアをジッと見つめ、そこはかとなく湧いてくる緊張を抑えようと、肩を動かして深呼吸をする。

両手で持っていた白い封筒に、目を落とした。

(大丈夫。ちゃんと、言える)

少しだけ指が震えたが、自分を鼓舞して、思い切って二度ドアを叩いた。

「はい?」

中から返ってくるのは、いつもと変わらない、落ち着いた低い声。

「櫂斗さん、すみません。お仕事中ですか?」

外からそう訊ねると、ドアの向こうで微かに物音がした。

「いえ。考え事してました」

そんな応答と同時に、内側からドアが開かれた。

先に入浴を済ませた櫂斗が、寝間着のスウェット姿で、ドア口に立っている。

「お邪魔してすみません。少しお話しできますか？」

彼を前にすると、否応なく緊張感が強まる。

葵は封筒を持った手を後ろに回し、必死に冷静を保ちながら、意識して声のトーンを抑えて訊ねた。

「？　いいですよ。どうぞ、中に」

ドアを広く開けて招かれ、ゴクッと唾を飲む。

彼の書斎には、大事な資料や機密書類がたくさんありそうで、止められたわけでもないのに、掃除をする時以外は、意識して近付かないようにしていた。

彼自身に『どうぞ』と言われても、本当にいいのかどうか、一瞬怯む。

しかし。

「ありがとうございます。お邪魔します」

意を決し、唇を結んで中に入った。

部屋の真ん中に進む彼女の背を目で追って、櫂斗が静かにドアを閉める。

「葵。これに座って」

所在なく立ち尽くす葵を、書棚の前からスツールを持ってきて促した。

「は、はい」

遠慮がちにちょこんと腰かけるのを見守って、彼はデスクの黒い革張りの椅子に腰を下ろす。

「それで、話って？」

そう訊ねながら、くるりと椅子を回転させる。

真正面から向かい合い、葵は条件反射で背筋を伸ばした。膝に置いた封筒の上で両手を重ね、ギュッと握りしめる。

その仕草につられたのか、櫂斗の目が動く。

「それは？」

葵は、小さくこくりと喉を鳴らした。そして、問いには答えず、

「櫂斗さん。聞いてもいいですか」

わずかに身を乗り出して、逆に質問を返した。

櫂斗は、彼女がなにを切り出すか想像もつかない様子で、きょとんとしてパチパチ

と瞬きを繰り返す。

「構いませんが……なんの話?」

先を促す声に、やや警戒のようなものが滲む。

葵は、一度スーッと息を吸った。

「誰かと、大事な約束をしたとします。その相手が亡くなった後も……約束に効力はあるんでしょうか」

「……え?」

質問が唐突だったのか、櫂斗はビクッと身体を震わせて、わかりやすく困惑した表情を浮かべた。

「……なんでしょう。それは、遺言といった類の話ですか?」

訝しげに眉をひそめて、探ってくる。

「いえ。そういうことではないんです」

葵は慌てて首を振って否定した。

「後を頼むよ、的な。例えば……。『私がお墓に入ったら、菊じゃなくてコスモスを飾ってね』とか」

今日、父の四十九日を終えたばかりだからか、とっさに浮かんだのはそんな例えだった。

　それを聞いて、燿斗は軽く吹き出す。

「ああ、そういう……。それにしても、かわいい例えですね」

　腕組みをして、肩を揺すりながら、クックッと小気味よく笑う。

「それは、君の願望？　でもおそらく、統計学的にも、僕の方が先に逝くことになると思いますが……」

「！　わ、私と約束してほしいんじゃないです。今のは、あくまでも例えで」

　葵は顔を真っ赤に染めて、ムキになって言い訳を挟んだ。

　彼があんまりおもしろそうに笑うから、とぼけた例えを挙げたことが、今さら恥ずかしい。

「わかってますよ」と、燿斗がうそぶく。

「そもそも、そういったものを、法律では裁定できません。故人との約束の有効性という意味なら、相続の場でよく問題になりますが、例えば、証人となる第三者が存在する場合を除き、ただの口約束に法的効力はない」

　淡々と答える彼の薄い唇をジッと見つめ、葵は封筒の上の両手に力を込めた。

「じゃあ……守らず破っても、問題ないってことですね」

念を押すように訊ねると、櫂斗は何度か頷いて返してくれる。

「当事者の良心次第としか」

「良心……」

彼の言葉を反芻して、葵は声を尻すぼみにした。

櫂斗にも、なにか思うところがあったのだろう。口元に手を遣り、軽く眉根を寄せて、思案顔をしたけれど。

「どうしたの？　所長との約束ですか？」

気を取り直したように口を開くと、首を傾げた。

葵は、彼の黒い瞳を見つめる。

（櫂斗さんは、お父さんに選ばれて、私と結婚した。形だけでも〝夫婦〟だから、私を大事にしてくれていた）

彼にとってこの結婚は、父との契約。

事務所を任せたい父と、所長の座を手に入れたい櫂斗の利害が一致して成立した、政略結婚のようなものだろうと、葵は解釈していた。

婚姻の事実さえあれば、櫂斗に葵を愛する義務はない。

（それでも、〝妻〟なのに……）

〝夫〟に愛してもらえない寂しさを、葵はこの結婚生活を通して知った。

これまで一度も恋愛をしたことがなくても、愛されてみたいと願うことができた。

それが、この結婚の収穫といえば収穫だった。

密かに離婚を決意してから、約一年。

最初は彼を解放するという思いでいたけれど、今となっては、自分自身の解放という意味もある。

これは、お互いにとって、前進となる離婚。いつの頃からか、葵はそう考えるようになった。

父を一緒に看取ってくれた。立派に事務所を継いでくれている。

今、櫂斗に対しては、感謝の思いしかない。

(だからこそ、これからは幸せに。解放、しないと)

自分から離婚を切り出すことに緊張はあっても、強固な決意は変わらない。

葵は、膝の封筒の上で、一度ギュッと手を握りしめた。

「あ、の」

肩を力ませ、やや俯く。

「はい」

「離婚、してください」

さっぱりと言うつもりだったのに、声が喉に引っかかる。

伏せた目線の先で、肘掛にのせられた櫂斗の腕が、ピクッと震えて反応した。

それを見ても、きちんと彼の耳に届いたのはわかる。

なのに。

「……え？」

彼は、一拍分の間を置いて、聞き返してきた。

時間をかけて彼女の言葉を噛み砕き、それでもなお、耳を疑っているような。

困惑に満ちた声色に、葵もゆっくり顔を上げる。

「櫂斗さん。離婚しましょう」

繰り返し告げると、櫂斗が喉元でごくりと喉仏を上下させた。

「ちょっ……待ってください」

口元に手を当て、目線を揺らす。

そんな様子が、彼らしくないと思った。

葵の申し出は、まったくもって予想外で、動揺しているのが見て取れる。

「ちょっと待って、葵。……なぜ、急に？」

口を覆っていた手を額に当て、必死に思考を巡らせるような表情で、たどたどしく問いかけてくる。

想像以上に櫂斗が混乱しているのを見て、葵の方は落ち着きを取り戻していく。

「急でしょうか。私は一年近く前から、この日を待ってました」

彼女の淀みない返事を聞いて、櫂斗は、大きな手の向こうから視線を返す。

「一年近く前って……結婚当初からということ？」

戸惑いを隠せない声に、葵は静かに頷いて応える。

「櫂斗さんが、父とした約束は、もう無効です」

ゆっくりと、単語で区切るようにして告げると、彼がピクッと指を震わせた。

「僕が、所長と？」

「はい。櫂斗さんは、父から次期所長に選ばれて……私は、事務所とセットで差し出されただけ。私たちの結婚は、後継者になるための、父との契約でしょう？」

「……！」

櫂斗は、ハッと息をのみ、大きく目を見開いた。

驚愕する彼を前に、葵の心は不思議なくらい凪いでいく。

「父は、もう亡くなりました。だから……お互い、解放されましょう」

穏やかに目尻を下げ、ほんの少しの寂しさを隠し、微笑んでみせた。

膝の上の白い封筒を一度ジッと見つめ、わずかなためらいを振り切って、両手で彼の胸元に差し出す。

「離婚届です。私のところは、すべて記入してあります。私が提出しに行きますから、書き終えたら、いただけますか」

櫂斗は、肘掛にのせていた右腕を、なにかとても重い物のように、緩慢に持ち上げた。

瞬きすることも忘れて、ぼんやりと、惰性的に封筒を手に取ると、中から、三つ折りにした離婚届を摘み上げ、ゴクッと喉を鳴らす。

それを見て、葵は静かに腰を上げた。

「本当は、すぐにでも出ていくべきだと思うんですが、父の法要が終わったばかりで、荷物の片付けができてなくて……。今夜一晩だけ待ってください。明日、出ていきます」

櫂斗は、黙っている。

葵が一度深々と頭を下げ、再び顔を上げても、凍りついたような表情で離婚届を見つめていた。

「櫂斗さん。一年間、ありがとうございました。お休みなさい。……さようなら」

それだけ告げると、葵は彼に背を向けた。

無言で部屋を突っ切ってドアに向かい、静かに書斎を後にした。

一年間自室として使わせてもらっていた部屋に戻ると、葵は背で押すようにしてドアを閉めた。

「……はあ」

天井を見上げ、声に出して息を吐く。

無意識に胸に手を当てると、自分で思う以上に強く拍動していた。

（ちゃんと言えた。よかった……）

父が亡くなった後で離婚するという決意をしてから、その時が来たらなんて言おうか、ずっと考えていた。

父を看取り、天国に送り出してから。――いや、もう少し、もう少しだけ……。

そうやって延ばし延ばしにしてしまったけれど、一連の供養が全部済んだら申し入れると決めて、四十九日の今日へ向けて緊張感を高めてきた。

人生で一番の大仕事をやり遂げた気分で、胸が軽い。

しかし……。

（燿斗さんは、お父さんが亡くなっても、約束を守るつもりでいてくれたのかな……）

燿斗の方は、離婚の申し出はまったく想定外といった様子だった。

見たことがないくらい呆然としていた彼を思い浮かべると、なにか、胸がチクッとした。

一度大きく俯き、自分を鼓舞するように勢いよく顔を上げる。

「ううん。間違ってない。これでいいのよ」

自分のため、だけではない。

燿斗のためでもある。

彼は結婚前から仕事一筋で、女性になびく人ではなかった。しかし、今後もそうとは限らない。押しつけられただけの妻に、一生寄り添わせてはいけない。

一瞬、彼が〝期待〟を寄せている、聖子の顔が胸をよぎった。

ふたりの離婚を知ったら、彼女はどんな顔をするだろう。きっと、今まで以上に強気に、彼にアプローチを仕掛けるだろう。

その様を想像すると、胸が締めつけられて痛むけれど……。

（私には、関係ない。これからは、燿斗さんが自分で好きになった人と、幸せになれ

ますように）

心の中でそう祈り、揺れそうになる自分を吹っ切る。

葵は、勢いをつけてドアから離れた。

いつもならもう寝支度をする時間だけど、明日は休みだ。それに、彼にも出ていくと言ってしまった。まとめなければならない荷物はそれほど多くはないけれど、ひとりで持ち出すには限度がある。

宅配便を手配しなければ。

早速、荷造りに取りかかろうとした時。

コツコツ、とドアをノックする音と同時に、やや遠慮がちな櫂斗の声が聞こえた。

「葵。入っていいですか」

「あ、はい」

クローゼットに手をかけていた葵は、条件反射で返事をした。

「もしかして、もう離婚届書いてくれたんでしょうか……？」

彼の訪室理由がそれ以外浮かばず、そう質問しながらドアを開ける。

「早速、ありが……えっ……!?」

薄く開いたドアの隙間に身を滑らせ、櫂斗が室内に押し入ってきた。

彼の行動に驚き、葵はギョッとして目を丸くした。

耀斗は彼女の反応を気にせず、ドアの前に立ちはだかる。

「え、っと。耀……」

「葵。君はさっき、僕が所長とした約束は無効だと……そう言ったね」

戸惑う彼女を、鋭く遮った。

「は、はい」

葵は怯みながら返事をして、一歩後ずさった。

それを追って、耀斗も室内に踏み出す。

「それなら、聞きたい。君は、僕が所長となにを約束したと思っている？」

「え？　だから、それは……」

いつになくグイグイと質問を重ねてくる彼の前で、葵は思わず言い淀んだ。

「言え。お互い解放……ってなんだ？」

相手に言葉を挟む隙を与えない、きびきびした語り口。

「……俺と離婚して、君はなにから解放されるって言うんだ？」

「あ、あの……」

葵はなぜか、法廷で彼に尋問される、被告人になったような気分に陥った。

しかも、彼の雰囲気は、いつもと著しく違う。

心なしか、言葉遣いも荒い。

知らない獰猛(どうもう)さが見え隠れする様に、恐れをなしていく。

「なにって……そもそも、この結婚そのものが、おかしかったじゃないですか」

一歩下がれば、一歩踏み込まれる。

それでも彼から逃げるうちに、葵は部屋の奥に追い込まれていた。

最後はベッドの脚に躓(つまず)いてしまい、

「きゃっ……」

そのまま、ベッドにドスンと尻餅をつく。

葵が逃げ場を失っても、櫂斗は容赦しない。

「おかしいって、なにが？」

ベッドの上に片膝をつき、彼女の両肩に手をのせ、身を屈めて顔を覗き込む。

額の上から降ってくる影にハッとして、葵は反射的に背を仰け反らせた。

「それは、だから……お互い愛情もないまま結婚なんて」

腕で身体を支えるのがやっとの状態なのに、櫂斗は一気に距離を狭めてくる。

「あ」

中途半端な体勢を保てず、葵はベッドに倒れ込んでしまった。

それを見て、櫂斗がベッドに乗り上げる。

ベッドについた両腕で葵を囲い込み、怯える様を上から悠々と観察している。

「櫂斗さん、ど、退いてください」

葵は、緊張と恐怖で身体をガチガチに固まらせ、声を震わせた。

「なぜ？　妻をベッドに組み敷いて、なにが悪い？」

即座に返される皮肉めいた言葉も、まったく意味がわからない。

「だ、だから。私はもう、櫂斗さんの妻では……」

「俺の妻だよ。まだ離婚していない」

「っ、それは、書類上のことで、気持ちとしては……！」

いつもの物腰の柔らかさが嘘のような太々しさに、激しく困惑して声を上擦らせた
葵を、

「離婚はしない」

櫂斗は、呆気なく遮った。

「……は？」

予想外のひと言に、葵は呆然として彼を見つめた。

天井の照明を背に受け、端整な顔がやや陰って見える。

そのせいか、男気が漂い、いつにも増して精悍さを帯びている。

（なに？　どうしたの、耀斗さん……）

彼から、匂い立つような色香を感じ、葵はゾクッと戦慄した。

そんな彼女に構わず、耀斗はクッと眉根を寄せる。

「気持ちとしては……なに？　どうして君は、俺からの〝解放〟を急ぐ？」

「え……？」

「俺と離婚して、再婚したい男ができた……とか？　俺も、迂闊だったな」

「なっ……！」

とんでもない思い違いをされていることに気付き、葵は反射的に声をあげた。

「ちが……！　だって耀斗さん、言ったじゃないですか。私を愛したりしないって……」

「ああ、それ。所長との約束、無効にしていいんだったな」

耀斗は不機嫌に顔を歪め、口角を吊り上げた。

「葵、教えてあげよう。所長と俺の〝約束〟……君を愛するなというのが、所長から出された結婚の条件だった」

「っ、え？」

まるで、猛獣に追い詰められた草食動物のような気分でいた葵は、彼の唇がそういう形に動くのを目の前で見ていても、理解が遅れた。

無意識に聞き返しながら、激しく瞳を揺らす。

「なに、それ。お父さん、なんでそんな条件を……」

「なんでだろう？　俺も最初は、所長がなにを考えているのか、まったく理解できなかった」

彼女が混乱するのを見て、燿斗はふっと目力を解いた。

「願ったのは、君の幸せなのか不幸せなのか……でも、それが条件だった。意味がわからなくても、あの時は受け入れるしか……」

どこか忌々しげな声に葵も困惑して、忙しなく目を瞬かせた。

「なんだ。君もわからない？」

素っ気なく問いかけられ、一瞬詰まったものの、首を縦に振って応える。

燿斗が、短く浅い息を吐いた。

「脳みそを搾るくらい考えて探って、気付いた。……妄念、だよ」

「もう、ねん」

　あまり耳馴染みのない、禍々しさすら覚える言葉を、葵はたどたどしく繰り返した。

「そう」と、頭上から相槌が降ってくる。

「傍からしたら、馬鹿馬鹿しい妄想、執念……。だけど所長は、妻を亡くした悲しみとトラウマから、そういったものに取り憑かれてた」

　彼の唇からこぼれるのは、またしても肌が粟立つような言葉だった。

　ゾクリと身を震わせる彼女を見て、耀斗は口角を上げる。

「葵。君は、子供の頃、身体が弱かったという噂を聞いた。それは、間違いない？」

　鋭い光を発する瞳の前で、葵は一度だけこくりと頷いてみせた。

　耀斗は、その反応を確認して、どこか満足げに目を細めた。

「所長はそれを、妻の体質が遺伝したと考えた。妻と同じように、葵も出産に耐え得る身体じゃないと。愛するな、触れるなというのは、つまり妊娠させるなということ。俺が約束しなきゃ、他の弁護士に打診すると言われた」

「……！」

「かなり歪んだ、根拠のない思い込み。でも、男手ひとつで苦労して君を育てる間ずっと、心配が尽きることはなかっただろう。その心情を察することはできるし、俺も所長には恩がある。存命の間は、従うほかなかった」

苦痛に顔を歪める彼の手の下で、ベッドが軋む音を聞いて、葵はビクッと身を竦める。

「俺に求められたのは、どこまでも清く正しい夫婦関係。君に触れていないと所長に信じ込ませるために、これまでは生活でも〝装う〟必要があった。君が、俺に愛されているように見えては困るからね」

「っ……だ、だから？」

淡々と、他人事のように続ける彼に、思わず口を挟んだ。

「ん？」と眉根を寄せるのを見て、ベッドに肘をつき、上体を浮かせる。

「寝室も別々で……今までなにも」

「ああ」

言いづらそうに目を泳がせる彼女に、櫂斗はふっと笑みを浮かべた。

「君が、焦れていたのは、わかってる。でも、万が一にも、君が幸せいっぱいに〝ご懐妊〟なんて報告をする事態は、避けなきゃならなかった。所長は、それを一番恐れていたのだから」

「！」

「約束の効力が切れて解放される、この日を待ってたのは君だけじゃない。俺だって同じだ。これからだっていうのに……」

燿斗が、ギリッと奥歯を噛みしめ、忌々しげに唇を結ぶ。

ベッドを軋ませて両肘をつき、徐々にリーチを短くして距離を縮める彼から逃げようと、再びベッドに背を沈めた葵に、

「離婚宣告されるとは、ね」

「か、燿斗さ……」

「腹立たしい。逃がさない」

妖しく目を細め、美しいラインの顎を傾け、顔を近付けながら呟く。

「〝解放〟されていいんだろ？　だったら、これまで抑えていた欲望、全部解き放つ」

「っ、かい……」

「君は俺に、こうされたかったんだろ？　葵」

とっさになにか言おうとした葵の声は、強引に重ねられた唇に封じ込められた。

「ふっ、うう、んっ……」

抗う間もなく、口内を蹂躙する熱い舌に翻弄される。

葵は極度の混乱に陥り、思考回路は麻痺した。

突然プロポーズされたあの時以来、一年ぶりの激しいキスに抵抗もできず、ただの

まれていった。

——ギッギッ……。

耀斗の律動に合わせて、大きく軋むベッド。

「う、あ……」

胸を揉みしだく骨ばった手から逃れようとしてか、葵はシーツに縋るように手を這わせ、短く喘ぐ。

しかし、耀斗は逃がさない。

逃げる腰をグッと両手で掴み、ひときわ強く自分の腰を打ちつけた。

「んっ……！　あ、ううっ……‼」

枕に顔をうずめた彼女の悲鳴は、くぐもった。

「っく、う……」

同時に耀斗も、喉を仰け反らせた。ビクビクと獣のように痙攣した後、激しい快感の余韻にのまれ恍惚として、ガクッと脱力する。

葵の裸の背中に、全体重をかけてのしかかった。

汗の浮いた肌をぴったりと重ね、シーツの隙間から手を滑り込ませる。

彼女の柔らかい胸を手で覆い、露わになったうなじに唇を落とす。
達してもなお、収まることを知らない底なしの欲情に、ブルッと身を震わせた。
しかし、彼の下で完全に弛緩した葵は、ピクリとも動かず……。
「……葵？」
片手をベッドにつき、わずかに上体を持ち上げる。
彼女の横顔を覗き込んで、確認すると――。
「気を失ったか……」
この一年で、積もり積もった劣情を一気に解放したせいで、欲望が暴走した。
手加減も忘れ、〝初めて〟の葵を何度も抱いた。
もちろん、無理をさせた自覚はある。櫂斗は、いたわるつもりで彼女の髪を撫でた。
額に張りついた前髪を除け、そっと口づける。
その目尻に滲む涙。伝った雫で、頬はしっとりと濡れていた。
長い睫毛は伏せられ、目は固く閉じられている。
「葵……」
どうしようもなくやるせない思いに駆られ、たまらず、両腕で葵を抱きしめた。
先ほどまでの嵐のような行為の間、彼女からずっと感じていた抵抗はない。

互いの汗ばんだ肌が溶け合っていく、心地よさ。

「このまま、離すものか……」

腹の底からせり上がってくる、狂おしいほどの熱情を憚らず、彼女の首筋に顔をうずめる。

葵からの離婚宣告。

彼女がそんな決意を固めているとは、予想だにしていなかった。

『誰かと、大事な約束をしたとします。その相手が亡くなった後も……約束に効力はあるんでしょうか』

故人との約束は、いつまで有効か？　彼女にされた質問の趣旨は、そこにある。

皮肉にも、櫂斗自身、その答えを模索してきた。

恩師であり、義父である所長と交わした、呪わしい約束。死後であれば、その効力はなくなるか——？

そんな風に、所長が亡くなった後のことを考え、心のどこかでその時を待ち望む自分への嫌悪感と闘っていた。

それなのに……。

『離婚しましょう』

葵は、いっそ清々しいほど晴れやかに、彼に別れを告げた。

「一年近く前から、ずっと……か」

自嘲めいた吐息を漏らす。

その一年の間、櫂斗は、葵に触れたい気持ちを押し殺してきた。

ようやく彼女を抱けたのに、こんなにも虚しい思いに沈むとは考えもしなかった。

鬱蒼とした気分を振り切るように、葵を抱きしめたまま、固く目蓋を閉じた。

彼女をのみ込んだのと同じ睡魔が襲ってくる。

このまま、意識が吸い込まれてしまっても——。

(君を、離しはしない)


今から四年ほど前、櫂斗は葵を助けたことがある。

事務所一多くの訴訟案件を抱え、裁判や調査活動に日々忙しい彼も、新しい事務員が、所長の娘だというのは知っていた。

しかし、なに分、接点がない。

時々廊下で顔を合わせて、彼女が遠慮がちに挨拶してくるのに対し、同じ言葉を返す程度の関わりしかなかった。

その彼女が、以前相談に来た男性依頼人との間でトラブルを抱えている……というのは、パラリーガルの誰かから聞いた。

法廷に出た帰り道だったか――。

『三田村さんは、依頼人だから丁寧に接しただけなのに、その男、自分に好意があると勘違いしたらしくて』

事務所には、毎日男から電話がかかってくる。

他の事務員が一次対応して、彼女には取り次がないよう対策を取っていたせいか、ついには、オフィスビルの近くをウロウロするようになったらしい。

深刻な事態になっても、所長の娘だ。もちろん、相談しているだろうし、雇い主でもある父親がなんらかの手を講じるだろう。

その時櫂斗は、一応認識したものの、深く気に留めることはなかった。

ところが――。

ある日、帰り際に、事務所のあるオフィスビルを出て少し歩いたところで、やや緊迫した声が聞こえた。

『す、すみません。離してください』

何気なく声の出所を探して目線を動かすと、葵が男に腕を掴まれているのを見た。

『ごめんなさい、私、そんなつもりじゃないんです。こうやって待っていられるのも、本当に困るんです』

それを聞いてすぐ、彼女につきまとっているストーカーだと合点した。

葵は、それなりに毅然と拒否を示しているようだが、半泣きの怯えた声では男に隙を見せるだけだ。

この場に出くわしてしまっては、もちろん、見て見ぬふりもできない。

櫂斗は、ふたりの方に向かって颯爽と歩いていった。

彼女に向かって喚いている男との間に、『失礼』と割って入る。

『うちの事務員に、なにかご用ですか』

彼女を自分の背に回し対峙したのは、三十歳そこそこの男。櫂斗には見覚えがなかったが、男の方は彼を見知っていたようだ。

『な、なんだよ。お偉い弁護士先生には、関係ないだろ！』

男は〝恋路〟の邪魔をした形の彼に、目を剥いて食ってかかってくる。

『葵ちゃんは、箱入り娘だから。父親の目もあるし、僕を避けるしかないんだ。だから、僕の方からこうして何度も会いに来ているのに、いつも恥ずかしがってもったいぶって……』

男の言い分をまともに聞いている暇はない。

耀斗はその途中で、葵を肩越しに見遣った。

視線を受けた彼女が、違うと訴えるように、勢いよくぶんぶんと首を横に振る。

(まあ、そうだろうな)

耀斗はわずかに溜め息をついた。

そして、まだ喚き散らしている男の前で、威厳たっぷりに胸を反らす。

『つきまとい、待ち伏せし、進路に立ち塞がり、住居、勤務先、学校、その他通常所在する場所の付近において見張りをし、住居等に押しかけ、または住居等の付近をみだりにうろつくこと』

すらすらと法令を諳んじると、男はピタリとしゃべるのをやめた。

『今、あなた、僕の方からこうして何度も会いに来ている、と仰いました。三田村さんは嫌がっている。ストーカー規制法第二条第一項第一号に抵触する可能性がありますので、彼女が被害届を出さなくても、僕が出します』

感情を殺し、冷淡に言って退けると、男が言葉に詰まった。

『もちろん、異議もお受けしますよ。しかるべきところに出ましょう。その場合、僕が彼女の代理人に立ち、必ずあなたを有罪に導きます。そうなると、一年以下の懲役、又は百万円以下の罰金刑に……』

『っ、くそっ……！　なんだよ、偉そうに‼』

ねちっこくつきまったわりに、男は捨て台詞ひとつで、脱兎の如く駆け出していった。

無様に敗走するその背を、櫂斗は冷ややかな目で見送った。

そして、改めて葵に向き合う。

『大丈夫ですか？』

短く問うと、彼女はハッとしたように何度も首を縦に振った。

『す、すみません。助かりました。本当に、ありがとうございま……』

『事務所で噂になるほど、深刻な事態になってるようですね。なぜ所長に相談しない？』

櫂斗は蔑み半分で、やや素っ気なく遮った。

葵も、一瞬グッと言葉をのんだ。

しかし――。

『父に、心配をかけたくありません』

きゅっと唇を噛み、顔を上げて言って退ける。

燿斗は、腹の底から深い息を吐いた。

『これ以上エスカレートしたら、もっと心配をかけることになるのでは？』

やや辛辣に重ねると、彼女も困ったように目尻を下げた。

『大事にせずに解決したかったんです。一応、事務所のお客様だから。誠意を込めて断り続ければ、きっと……』

『……バカか』

悪を知らない純真な言い様に、思わず本音がこぼれた。

『え？』

聞き返されて、口元を手で覆い、『いや』とごまかす。

(二十四にもなってこれじゃあ……所長が過保護になるのも、よくわかるな)

本気で呆れながらも、その純粋さに心を惹かれたのも事実だった。

ストーカー男を蹴散らしただけで、〝同僚としての義務〟は果たした。

それなのに。

——放っておけない。

『家まで、送ります』

燿斗はそう言って、彼女に背を向けた。

『え?』と、戸惑った声が追ってくる。

『まだ、どこかで待ち伏せている可能性もある。こうして出くわした以上、今日のところは、無事に家に帰るまで見届けます』

『あ、待って』

さっさと歩き出すと、葵も慌てたように小走りでついてきた。

『す、すみません。先生、お忙しいのに』

『いいから、早く。行きますよ』

タクシーを停め、ふたりで後部座席に乗り込んだ。

所長の家まで、二十分ほど。

沈黙を恐れたのか、葵は必死になって話題を向けてきた。

櫂斗は軽い相槌や短い応答を返すだけだったが、一生懸命で健気(けなげ)な彼女を好ましいと思っていた。

葵を自宅まで送り届け、タクシーが走り出す前に、『所長に言えないなら、次なにかあったら僕に知らせてください』と告げたのも、社交辞令ではなかった。

その後、葵が相談しに来ることはなかったが、櫂斗は事務所でも、彼女の噂に耳を研ぎ澄ましていた。

忙しない日々の中、葵を気にして、その背を目で追っている自分を自覚した。

清楚で慎ましい仕草。穏やかな微笑みに、引き込まれる。

放っておけない、好ましいという感情が、いつしか好意に変化していたのを、認めざるを得なかった。

そして、昨年──所長から、突然の打診。

受け入れなければ、葵は自分以外の男と結婚させられていた。

所長の禍々しい妄念からの、呪いのような条件をつけられても、もちろん、逃せるわけがなかった。

櫂斗が所長に屈した理由が、ここにある。

急転直下の溺愛宣言

真っ暗闇の中でもがき続けたような夜を越え、一番に覚えたのは、下腹部の鈍痛だった。

重苦しい痛みが全身を蝕み、なんとも気怠い。

「う……」

葵は無意識に呻いて、乾いて突っ張りを感じる目を開けた。

寝る前に閉め忘れたのだろうか。

カーテンが薄く開いていて、視界の端から朝日が射し込んでくる。

随分と明るい。

もしかして、もうだいぶ日が高いのだろうか。

寝過ごしてしまった？

早く起きて、朝ご飯を作らなくては……。

頭ではそう思うのに、身体が思うように動かない。

葵はベッドに手をつき、のろのろと緩慢に上体を起こした。

すると。

「おはよう、葵」

すぐ隣から声がした。

前髪をかき上げようとした手をピタリと止める。

「身体、大丈夫？」

「……え？」

葵は自分の耳を疑って、恐る恐るベッドサイドへと顔を向けた。

細身の黒いパンツ、白いシャツに袖を通しただけで、前をはだけたルーズな格好の
耀斗が、そこに腰かけていた。

シャワーを浴びた後なのか、黒い髪は湿っていて、やや無造作に乱れている。

「ど、どうして、耀斗さんが……」

ギョッとして、慌てて室内を見回した。

間違いなく、自分の部屋だ。なのにどうして、目を覚ましてすぐ、彼がここにいる
のか、理解が追いつかない。

しかし、耀斗は彼女の質問には答えず、

「丸見えだけど。見ていていいですか？」

淡々とした口調で、逆に質問で返してくる。

「え？」

なにを問われたのかわからず、思わず瞬きをした。

答えを探して櫂斗の目線を追い、目を落とす。

途端に、はだけて露わになった自分の胸が、飛び込んできた。

「きゃ、きゃあああっ⁉」

天に轟くほどの絶叫をあげ、慌てて毛布を胸元まで引っ張り上げた。

ギュッと抱きしめるようにして、櫂斗の視線から身体を隠す。

（なんで⁉　なんで私、裸で……）

その疑問の途中で、昨夜のことを思い出した。

（そうだ、私昨夜、櫂斗さんに……）

下腹部の鈍い痛みも、そのせいだと理解が繋がる。

思考が働くのと同時に、櫂斗が腰を浮かせてベッドに座り直した。ギシッと軋む音がする。

「葵……」

葵は反射的に枕を掴んだ。それを、思いきり彼に投げつける。

「うわっ」

突然の襲撃に、耀斗も怯んだように声をあげた。

しかし、反射的に片腕で防御すると。

「随分な反応ですね」

「耀斗さん、ひどい！　ひどっ……」

葵は弾かれたように、飄々とした態度の彼をなじった。

それには耀斗も、わずかに殊勝な顔をする。

「理性が吹っ飛びました。初めての君に、無理をさせた自覚はある。……すまなかった」

「い、今さら謝られたって！　あんな、あんなっ！」

否が応でも、彼との行為が脳裏に蘇る。言葉に詰まり、カッと頬を染めた。

そんな彼女に、耀斗はふっと目を細める。

「でも、最高に待ち侘びていたので、極上の夜でした。僕の下で乱れる君は、美しかった」

「っ……!!」

彼女の罵声をものともせず、歯が浮きそうなことをさらりと口にする。

葵は、蒸気が出そうなほど顔を赤くして、頭から勢いよく毛布をかぶった。

「出てって……出てってってください っ！」

涙混じりの金切り声で叫ぶ。

耀斗はわずかに眉根を寄せただけで、ベッドを軋ませて立ち上がった。パンツのウエストに指を引っかけ、ハリネズミのような彼女を見下ろす。

「葵。君が言っていた離婚のこと、改めて冷静に話し合いたい」

「あんなことした人と、今さらなにを……っ」

葵が吐き捨てた声は、毛布に阻まれてくぐもる。

耀斗は目を伏せ、ふうっと小さな吐息を漏らす。

「昨夜の件については、いくらでも謝罪します。ただ、僕は離婚に同意しないと言った。君には、話し合いの席につく義務がある」

「っ……！」

「葵。シャワーを浴びて、着替えてきてください」

それだけ言うと、ベッドに背を向け、部屋から出ていった。

ドアが閉まる音を毛布の中で聞いて、葵はますます身をきゅうっと縮める。

昨夜――。

『俺に、こうされたかったんだろ？』

　燿斗はそう言って、自分を抱いた。

　寝室が別々なことが疑問で不満を抱いたのは、彼と結婚して夫婦になったんだと、舞い上がっていた頃のことだ。

　別れる決意をしていた相手に、こんなことをされたいわけがない。

　必死に、抵抗を続けたつもりだ。

　だけど聞き遂げられず、〝初めて〟だけじゃなく、何度も何度も――。

「っ」

　初めてを喪失した瞬間の、身体が引き裂かれるかと思う痛みは、今もなお鮮明に蘇る。

　それでも、いつも物腰柔らかく、どこか淡泊な印象の燿斗が、信じられないくらい強引に求めてくる。

　最後は、完全に神経が麻痺して、痛みもわからなかった。

　初めて知る逃れようのない快感にのまれ、抵抗を忘れ、自我を手放した。

『僕の下で乱れる君は、美しかった』

　昨夜、なんの手加減もなく、自分を抱き続けた彼の言葉に、激しい羞恥心が込み上げる。

「最低。最低……」

耀斗に対してより、意図せず乱れた自分へのとめどない嫌悪感が広がる。

もうこのまま部屋から出ずに、引きこもってしまいたいくらいだ。

(いくら、お父さんとの約束だったからって。耀斗さん、私を愛したりしないって言ったじゃない……)

耀斗は、決して、冷たい夫ではなかった。

仕事で忙しいけれど、家を顧みないわけじゃなく、いつも葵を気遣ってくれた。

しかし、それも全部、父との〝契約〟だ。

父が亡くなった今、もう従うことはないのに――。

「どうして、今さら」

離婚はしないと言い切った、彼の気持ちがわからない。

葵としては、離婚の決意は固い。改めて話し合うこともない。

しかし、彼が離婚届にサインしてくれなければ、離婚が成立しないのも事実だ。

葵は、諦めて毛布をめくった。

(とにかく、シャワーを浴びよう)

彼に言われて素直に従うようで癪だけど、身体が汗でべたついて、とても不快だ。

両足を床につき、しっかり力を込めて立ち上がった、つもりだったけれど……。

「ひゃっ……‼」

いきなりガクッと膝が折れ、その場にへたり込んでしまった。

反射的に支えを求めて手を伸ばしたサイドテーブルから、ルームライトが落ちて、ガシャンと大きな音を立てる。

「っ、な……？」

立てない自分に驚き、床に転がるルームライトに目を向け、パチパチと瞬きを繰り返していると。

「葵っ⁉」

ついさっき出ていった櫂斗が、勢いよく飛び込んできた。

「どうした、なんの音だ？……って」

やや血相を変えて早口で訊ねる途中で、全裸で床に座り込んでいる彼女を目に留め、

「……は？」

きょとんと、目を丸くした。

「み、見ないでくださいっ‼」

なにも身につけていない素肌に、まじまじと注がれる視線。

葵は焦って身体を隠そうとして、縮こまって両腕で胸を抱きしめた。

小さく丸まる姿を見て、燿斗はクッと肩を揺らす。

「昨夜、お互い、恥ずかしいところを全部晒した仲です。もう、僕の前で隠すことはない」

「さ、晒したわけじゃない。燿斗さんが強引に……‼」

「ああ。やりすぎたのは反省してますよ。で、腰砕けた？」

ムキになって言い返した途端、淡々と指摘されて、葵はグッと言葉をのんだ。

自分では、なぜ下半身に力が入らないのかわからなかった。

しかし、この感覚……。

そういうことかと理解して、火を噴く勢いで顔を真っ赤に染める。

「ふ、服を。お願い、服を取ってください……」

「はいはい」

燿斗は歌うように言って、再び部屋に入ってきた。

クスクス笑いながら、へたり込んでいる彼女の目の前に片膝をつく。

葵はビクッと身を竦ませて、自分を抱きしめる腕に力を込めた。

「昨夜無理させた僕のせいです。シャワー、ひとりで浴びられる？　よければ、責任取って手伝いますよ。連れていってあげようか？」

「えっ……？　きゃあっ！」

いきなり抱え上げられそうになって、ひっくり返った声で叫ぶ。

「っ……結構です‼」

全身をガチガチに固まらせ、強い拒否を示す彼女を見て、櫂斗は「ふう」と小さな息を吐いた。

葵からキッと鋭く睨まれて、両腕を引っ込める。

「出てって！　出てってください！」

「……了解」

ひょいと肩を竦めて立ち上がり、彼女の前に服を集めてから、くるりと踵を返す。

そして、ドアに手をかけて「あ」と振り返り……。

「今日の朝食は、僕が作ります」

出ていく彼に、なんのご機嫌取りだと、かえって憤慨したものの。

「……え？」

葵は改めて聞き返し、しっかり閉じたドアを見つめた。

それから三十分後――。

なんとか自力でシャワーを終え、ダイニングに足を踏み入れた葵は、思わず瞬きを繰り返した。

先ほど、櫂斗が宣言した通り、テーブルには朝食が並んでいる。

この一年、彼が料理するのを、一度も見たことがなかった。

葵は常に率先してキッチンに立っていたから、そんな必要もなかったのだろうけど、戸惑いの方が大きい。

「葵。席について」

櫂斗が椅子を引きながら、そう促してきた。

（あんなことした人と、呑気に向き合って朝ご飯食べる気分じゃ……）

シャワーを浴びて幾分すっきりしたものの、昨夜のことは、簡単に許せることではない。これ見よがしなご機嫌取りは無視したい。

葵は、無言でぷいと顔を背けた。

しかし、

「あまり見栄えはよくないですが、味に影響はないと思います」

櫂斗がわざわざ付け加えたせいでかえって気になり、テーブルに目を遣った。

片面が焦げたトーストと、黄身の崩れたハムエッグ。
なるほど、本人の自己申告通り、見た目はイマイチだ。
しかし、滅多にしない……いや、おそらく得意ではない料理の失敗を気にしている
のかと思うと、微笑ましい。
とはいえ。
(だからって、こんなことで許さない。絆されたりしないんだから……)
裏腹な気持ちを押し隠し、葵は黙って椅子に腰を下ろした。
燿斗は向かい側の席で、コーヒーを飲んでいる。
ドリップ式のコーヒーは、文句なく香りがいい。
「……いただきます」
葵もカップを手に取った。ミルクがたっぷり注がれたカフェオレだ。
この一年、ふたりは仮面夫婦だったけれど——。
(燿斗さん、私がカフェオレを好きだって、覚えてたんだ)
朝食を用意してもらって、初めて知った。
ただのご機嫌取りだと思った朝食がなぜか胸にきゅっときて、切なくなった時。
「葵。身体は大丈夫ですか?」

耀斗がトーストにバターを塗りながら、しれっと問いかけてきた。

「っ！」

完全に隙をつかれた。

葵は思わず、カフェオレを吹きそうになった。

「っ、なっ」

両手で口を覆って、ゴホゴホと咳き込む。

「腰。戻った？」

言葉を変えて平然と重ねてくる彼を、生理的な涙が滲んだ目で、キッと睨みつける。

「いちいち聞かないでくださいっ」

「僕のせいなんだから、心配するのが当然」

「……もう大丈夫ですっ。ご心配なく」

再び激しい羞恥心に襲われ、葵は勢いよく顔を背けた。

（こっちは必死に考えないようにしてるのに……なんで白々しく聞くのよ。デリカシーってものはないの⁉）

――しかも、昨夜とは打って変わって、いつもの紳士的な彼だから、かえって調子が狂う。

怒りでカッカしている自分の方が、おかしい気分に苛(さいな)まれる。

ミルクたっぷりのカフェオレは、それほど熱くなく、ゴクゴク飲める。

半分ほど空にして、少し気分を落ち着かせると、カップをテーブルに置いた。

それとほとんど同時に、櫂斗が、テーブルの真ん中に置かれた醤油挿(しょうゆさ)しに手を伸ばす。

サッと、ハムエッグに回しかけるのを眺めて、

「……櫂斗さんって、味付けなんでも醤油ですよね」

無意識に、そう呟いていた。

櫂斗は醤油挿しをテーブルに戻しながら、「え？」と目線を上げる。

「あ、いえ」

どうでもいい独り言を拾われ、葵は短くごまかした。

彼が覚えた、葵のカフェオレだけじゃない。彼女もまた、この一年で櫂斗の嗜好(しこう)をいくつも把握していた。

今日まで話題にしたこともないのに、なぜ今、わざわざ口にしてしまったのか、自分が謎だ。

目を伏せ、ソースを取って逃げると。

「そういう君は、ソース」

彼がクスッと笑いながら、ツッコんでくる。

「っ、え？」

「僕には、どういう味覚なのかわからないけど。目玉焼きもお好み焼きもとんかつも、葵は全部ソース」

「とんかつ……スタンダードだと思いますけど」

味覚を否定された気分で、葵はややつっけんどんに言い返す。

「……とんかつに醤油の櫂斗さんの方が、理解不能です」

今挙げられた食べ物すべて、櫂斗が醤油をかけることは知っていた。

負けじと皮肉で応戦しながら箸を取り、早速、少し崩れた黄身をつつく。

形が崩れている分、余分な火が通っていて、トロッと流れる半熟具合にはほど遠い。

それでも、ソースをかけたら、少し食欲が湧いてきた。

「いただきます」と食べ始める彼女の前で、櫂斗は箸を置いた。

「この一年で、君も僕を覚えてくれたんですね」

しみじみと呟くのを聞いて、葵はピタッと食事の手を止める。

「一緒に生活していれば、嫌でも目に入ります」

「葵は、この一年、僕からの解放を願い、離婚へのカウントダウンをしていた。僕を視界に入れる必要はない。声を聞かなきゃいい。気に留める必要もなかった。……そうだろう？」

　耀斗がテーブルに頬杖をつき、畳みかけてくる。

　葵はわずかに目線を彷徨わせてから、彼に倣ってテーブルに箸を戻した。

「耀斗さん。私はずっと、あなたに憧れていました。だから、プロポーズは突然でも、素直に嬉しかったんです」

　頬のあたりがぎこちなく強張るのを感じながら、なんとかはっきりと口にする。

「事態を鑑みて、プロポーズを先にしたまでのこと、恋をするのは結婚してからでも遅くない……耀斗さん、そう言ってくれたから。私はあなたを目で追って、声に耳を澄ましてしまった」

　耀斗が、無言で見つめてくる。

「でも、それだけです。いつまで待っても恋は始まらず、私たちはずっと偽物で……実態は仮面夫婦でした」

「……そうですね。でも僕にとって、離婚宣告は寝耳に水だった」

「私には、それが不思議です。耀斗さんは、事務所を継ぐことが目的だったんでしょう？　私との結婚はただの条件。強要されただけなんだから、〝解放〟で間違ってないじゃないですか。なのに、あんな……」

またしても、嵐のような一晩を思い出してしまう。

グッと唇を噛み、俯く葵の前で、櫂斗が短く浅い息を吐いた。

「強要……ね。君は忘れてる？」

「……？」

「僕は君に恋心を抱いていた。プロポーズした時も、言ったはず」

「っ……それだって、嘘に決まって……」

虚を衝かれて口ごもる葵を見て、彼はゆっくり頬杖を解く。

「確かに、先に、所長就任の打診がありました。君と仮面夫婦にしかなれない結婚は、その条件……。でも、それがなければ、所長就任は断っていた」

「え？」

「所長の座など、なんの魅力もない。僕の目的は、葵、君の方でした」

真正面から見据えられ、葵は一瞬ドキッと胸を弾ませた。

しかし、すぐに気を取り直し、背筋を伸ばす。

「今さら言われても。なんの真実味も感じません」

離婚することが信念であるかのように、頑(かたく)なに言葉を紡ぐ。

「なぜ?」

「櫂斗さん、もうずっと、彦田さんに親身に指導してますよね」

「パラリーガルや弁護士を育てるのは、所長の責務ですから」

「所長は断ろうと思ってたのに?」

わかりやすく揚げ足を取られ、櫂斗はふっと眉根を寄せる。

「引き受けたからには、まっとうしなければいけない責務でしょう」

「それだけじゃない。彼女に、個人的に期待してるからでしょ?」

葵は、完全にムキになっていた。

いつになくグイグイ攻め込むと、彼もムッと唇を結ぶ。

しかし。

「彼女はプライドが高い。僕に目をかけられているという優越感を植えつければ、僕たちの結婚の裏を探るのも、君にちょっかいを出すのもやめるだろうと考えていた」

腕組みをして、淡々と言葉を重ねる。

「え?」

それには葵も、彼に訝しげな目を向けた。

　櫂斗は長い足を組み上げ、椅子に大きく背を預ける。

「僕との結婚以来、陰口を叩かれていたのは、聞いています。君は……どんなに困っていても、自分で対処しようとする女性だから、この件についても、僕に相談したりしないと思ってた」

「あ……」

　彼がなにを根拠に言っているのか、すぐに思い当たった。

　四年前、葵はストーカー被害に遭い、困っていた。事務所からの帰り道で待ち伏せされ、絡まれていたのを、偶然彼に助けてもらったことがある。

『なぜ所長に相談しない？』

　そう問われ、『心配をかけたくありません』と答えると、櫂斗は呆れたような顔をした。

　知った以上、放っておくのも気が引けたのか、『所長に言えないなら、次なにかあったら僕に知らせてください』と言ってくれたけれど、葵が彼に頼ることはなかった。

（じゃあ……。彦田さんに期待を寄せるような態度を取ったのは、私への風当たりが強まるのを防ぐため？）

それが、自分を守るためだったとわかると、葵の胸はきゅんと疼く。

しかし――。

『あなたは、仕事ではまったく役に立たない妻だけど、私なら支えられる。もちろん、公私ともに』

聖子から我が物顔で得意げに宣言された時、まともに言い返せなかった屈辱と悔しさ、虚しさが胸をよぎる。

あの時、せめて、櫂斗に愛されているという自信が、自分にあったなら――。

葵の中に残っていた〝妻のプライド〟は、ズタズタにされてしまった。

「やっぱり……櫂斗さんは、私の旦那様ではなく、父の後継者です」

膝の上に置いた手が、意思に反してカタカタと震える。

それを抑えようとして、葵は服を握りしめた。

「『先生と別れて、解放してよ』って言われました。私が櫂斗さんの本当の妻だったら、彼女の嫌がらせなんか全然苦じゃなかった。でも私には、あなたの妻という自信がなかった……っ」

最後は喉に声を詰まらせ、大きく俯く。

洟を啜る音を聞いて、櫂斗はかぶりを振った。

「……僕は、もっとわかりやすく、〝君のため〟と知らしめる必要があったんですね」

葵は無言のまま、グスッと鼻を鳴らした。

櫂斗はグッと眉根を寄せると、腰を浮かせてテーブル越しに身を乗り出した。

「葵。失ったのは、僕の妻だという自信ですね？」

そう訊ねながら、葵の頬に手を伸ばす。

葵は小さく息をのんだ。身体は強張らせるものの、戸惑いを隠せない瞳で、彼を見つめる。

「君の中に、僕を好いてくれた心が少しでも残っているなら。離婚には応じない」

昨夜から、一貫して変わらない意志を、櫂斗がぶつける。

手の甲で頬を撫でられた葵が、喉の奥でひゅっと音を鳴らした。

「君を愛せない事情があったことは、すでに伝えた通りです。だから、君の言う〝解放〟には、僕も賛同する」

「だったら……」

「今度は、僕の心を包み隠さず晒します。君が自信を失って揺らいだりしないよう、はっきりと明瞭に」

「なっ……？」

　櫂斗は彼女の頬から手を離し、スラックスのポケットに突っ込んだ。

　そこに捩じ込んであった紙を取り出す。

「っ、あ！」

　昨夜突きつけた離婚届だ。

　役所に提出する書類がくしゃくしゃなのを見て、今度は葵が腰を浮かせる。

「これは必要ない」

　櫂斗は椅子に腰を戻し、鷹揚にもたれかかった。

　くしゃくしゃの離婚届を目の高さに掲げ、躊躇（ちゅうちょ）なくふたつに裂くと、

「櫂斗さんっ……」

　彼女の抗議の眼差しを受けながら、ビリッと三度音を立てて、容赦なく破った。

　テーブルに置かれた、無残に破かれた離婚届を呆然と見つめる葵に、

「諦めろ、とは言わない。異議も聞きます。離婚届も、何度でも書いておいで。ただし、僕は絶対にサインしないし、この通り、資源を無駄にするだけです」

　なんとも傲慢に言って退けた。


　その後、葵は憤慨しきって、自室に戻っていった。

耀斗はリビングのソファに座り、悠然と足を組み上げて読書していた。

しかし、彼の耳も意識も、葵の部屋の閉ざされたドアに向けられている。

ずっと、ガタガタと物音がする。

きっと葵は、昨夜の宣言通り、荷物をまとめて今日中に出ていくつもりでいるのだろう。

耀斗がいつものように書斎に下がらず、リビングで過ごしていたのは、彼女が出てきたら捕まえて、もう一度話をするためだ。

冷静を装い、文庫本のページをめくりながら、彼は片手で顎を撫でて思案した。

（葵の離婚の意思は固い。これ以上、なんて言って思い留まらせるか……）

お互い、これまでの仮面夫婦の状況から解放される。この後は、一からでもいい、関係の修復に努めたい。

どうやって……？

考えるまでもない。

彼女がこの結婚で求めていたもの。

それは、恋だ。

耀斗が思考を巡らせていた時、物音がやみ、一瞬しんと静まり返った。

それに気付き、ハッと顔を上げる。

文庫本を前のテーブルに置き、葵の部屋の方に顔を向けた。

静かにドアが開く。

「あお……」

櫂斗は反射的に腰を浮かせた。もちろん、出ていくのを阻止するためだ。

しかし、葵の手に、荷物はない。

中途半端な体勢で止まった彼のもとに、憮然とした表情で歩いてくる。

「……この家から出ていくのを、思い留まってくれましたか？」

櫂斗はしっかりと立ち上がり、彼女の真意を探って、スッと背筋を伸ばした。

鷹揚に腕組みをして、目の前に立った葵を見下ろす。

「今すぐ出ていくのは、考え直しました」

そう答えてはくれるが、なんとも不本意そうにそっぽを向いている。

それでもホッと安堵する櫂斗をよそに、

「まずは櫂斗さんから、離婚の承諾をいただかないと。別居して交渉するより、効率的だから」

葵はどこかムキになって、顎を上げて彼を睨んだ。

悔しげな様子に、櫂斗はひょいと肩を竦める。

「賢明です」

とりあえず、それだけ返す。

葵が、スーッと息を吸った。

そして。

「櫂斗さん。離婚してください」

揺るがない離婚宣告を、毅然として言って退けるが、その顔は不機嫌な膨れっ面だ。

「しません」

櫂斗が即答するのを、読んでいたのだろう。彼女は唇を結んで、じっとりとした目を向けてくる。

「君の意志が固いのは理解したけど、同じように、僕の意志も変わりません」

「…………」

無言で頑なな姿勢を示す彼女の頭上で、櫂斗は溜め息をついた。

「あお……」

「家庭内別居がしたいんですか」

頬を膨らませて言い捨てるのを聞いて、ピクリと眉尻を上げる。

「家庭内別居……」

彼女の言葉尻を拾って、無意識に繰り返した。

それには、「そうでしょう?」と同意を求められる。

「だって私は、耀斗さんの気持ちが、信じられません」

（葵の言い分はもっともだ。葵が俺を受け入れる気がない以上、気持ちを押しつけるだけでは、平行線のまま……）

仮面夫婦転じて、家庭内別居。行き着く先は、家庭内離婚……?

耀斗とて、そんなものは望んでいない。

それなら、お互いが納得できる譲歩案を示す必要がある。

「わかりました。葵、期限を決めましょう。そうだな……三カ月間、僕を試してください」

スラックスのポケットに片手を突っ込み、やや下手に出て提案すると、

「試す……?」

彼女は虚を衝かれた様子で、何度も瞬きを繰り返す。

耀斗は、「そう」と目を細めた。

「試すって……なにをですか」

葵は不信感丸出しの目をして、おっかなびっくり探ってくる。

「君が僕との結婚で不満だったのは、妻としての自信を失うほど、僕に〝愛されなかった〟こと」

ゆっくり、諭すように口にすると、葵がひゅっと音を立てて息をのんだ。

「最初の約束通り、恋をしましょう」

彼女の胸元に手を伸ばし、そこに垂れた柔らかい髪を一房掴む。それを自分の口元に持っていって、わずかに目を伏せ、焦げ茶色の髪にキスを落とした。

「……っ」

葵が、こくりと喉を鳴らしたのが聞こえた。

「こ、恋って……」

櫂斗の言葉から、おそらく昨夜の嵐のような行為がよぎったのだろう。葵は、わかりやすく怯んだ表情で、戸惑った。

しかし、気を取り直したように、彼に視線を返す。

「お試しで三カ月って、長すぎませんか」

「何事においても、お試しといえば三カ月が相場でしょう。一カ月では判断できない。二カ月では中途半端。三カ月あれば、ある程度効果が期待できる」

　燿斗は、流れるような口調で重ねる。

「もともと所長が亡くなるまで……と考えていたんでしょう？　君の言う仮面夫婦生活は、今でも続いていた可能性もある。そう思えば、三カ月の延長は、そう長くはないはずです」

　さらにそう付け加えると、葵も口ごもった。

「僕を縛りつけていた〝約束〟は、もう失効しました。ここから始まる……と思っていたのに、僕は到底離婚に踏み切れない」

　いくらか心を掠めたのか、葵はわずかに目線を泳がせた。

　応じるか否か……優しい彼女が、振り子のように揺れ始めた隙を、燿斗は見逃さない。

「三カ月試して、やはり葵が無理だと思うのなら、その時は離婚にも応じましょう。とにかく、僕に猶予期間をもらえませんか」

　葵の良心に訴え、畳みかける。

　彼女の返事を待って、燿斗は口を噤んだ。

　判決を待つ間の被告人は、こんな心境なのか、と、初めてその心情を重ねている自分に気付く。

ほんの一刻のような、いや、一生分、永遠に感じる時間――。

なんとも言えない覚束なさに、ほんのわずかに目を伏せた時。

「……わかりました」

葵がようやく決意を曲げ、静かな声で答えてくれた。

耀斗も、勢いよく顔を上げる。

「三カ月。三カ月だけ。……試してみます」

耀斗を〝試す〟という、どこか上からの言い方が気になったのか、一瞬言い淀みながらも、言い換えずに口にした。

もちろん、ジャッジを下すのは彼女の方だ。それで構わない。

「ありがとう」

耀斗は、ホッと胸を撫で下ろした。

すぐに気を取り直して、自分を奮い立たせ……。

「では、今日から、僕と君は恋人同士です」

そう言いながら彼女の左手を取り、自分の口元に持っていく。

〝審判の女神〟は、彼の仕草を目で追っている。そして、行き着いた先を、上目遣いに見据えた。

葵の視線を感じながら、

「遅ればせながら、溺愛開始といきましょう」

燿斗は挑戦者然として、その薬指に宣誓のキスを落とした。


葵の離婚の決意は固かった。

離婚届はもうだいぶ前から用意していたし、つい昨夜まで、今日この時間は一年暮らした彼のマンションを出て、実家に戻っている……と信じ、疑うこともなかった。

ところが——。

(今日から、燿斗さんと恋人同士⁉)

ぐるっと百八十度思考の切り替えが必要な事態に、葵は軽く動転していた。

彼との恋は、もうとっくの昔に諦めた。

これから恋人と言われても、まったくしっくりこない。

(しかも、溺愛って……)

そもそも恋を知らない葵は、〝溺れる愛〟と書くそのワードに、すでに戦々恐々だ。

午後三時。

リビングのソファに腰かけ、なにをするでもなく、一緒にテレビを眺めていた燿斗が、完全に怯んで腰が引けている様子の彼女を横目に、クックッと笑った。

「なにも、そんなに怖がらなくても」

葵が、わざわざといった感じで、ひとり分の間隔を空けているからか、簡単に見透かしてくる。

「昨夜のことは、本当に何度でも謝罪します。ところ構わず取って食いやしませんから、怯えないで」

またしても、さらりと昨夜の記憶に導かれる。

葵は条件反射でカッと頬を染めてから、お尻を浮かして座り直し、彼の方に身体を向けた。

できる限りの目力を込めて、キッと睨みつける。

「あんな……普段からは想像もできない、獣みたいな顔された後じゃ、全然信用できません」

「獣？」

眉尻をピクリと上げて、短く問い返す彼に、腕組みをして胸を反らしてみせる。

「いつもは〝僕〟なのに、〝俺〟って言うし。口調も乱暴で、今の敬語が白々しいくらい。完全に別人です」

くどくどと辛辣に皮肉を繰り出しながら、葵ははたと思い当たった。

(その、丁寧すぎる他人行儀な敬語。一線引かれてるみたいで……。私、心が遠くて近付けないって、思ってたんじゃなかったっけ?)

そうであれば、昨夜の乱暴な口調は、むしろ親近感を覚え、歓迎すべきことでは……?

そんな思考が働き、思わず口を噤む。

櫂斗が、「ああ」と相槌を打った。

「事務所で関わる人間は、あくまで仕事相手ですから。敬語で話すのは普通でしょう」

返事はごもっともだけど、葵は彼を上目遣いに見遣った。

「櫂斗さん、ご両親にもそうです。お友達の前でも?」

「まさか」

彼女が重ねた質問に、櫂斗はハッと笑って即答した。

「親しい仲なら、砕けますよ」

「それなら私は、やっぱり、妻じゃなかったってことですね」

わかりやすく揚げ足を取ると、櫂斗が虚を衝かれたように、目を丸くした。

「結婚しても、櫂斗さんは私との間に一線引いたままでした」

彼から質問を挟まれる前に、畳みかける。

葵がなにを言わんとしているか察したのか、櫂斗はどこかきまり悪そうに目を横に流した。

「そういうわけではないんですが……」

困った顔で言い淀み、ガシガシと頭をかく。

「いいえ、そうです。ただでさえ、私たちは仮面夫婦だったのに。遠ざけられてるみたいで、他人としか思えませんでした」

ムキになっているのを自覚しながら、葵は頬を膨らませた。

櫂斗は彼女を視界の端で確認すると、お腹の底から太い息を吐いた。

「……仕方ないでしょう」

「なにがですか」

「例えば、君の不信感の根底にある、寝室の件。愛しているけど、手を出すわけにいかない女性とひとつ屋根の下……というだけで、日々忍耐です。その上毎晩寝室を共にするなど、男にとってはただの拷問。念入りに一線引いて、なにが悪い」

開き直ってふんぞり返り、愛しているだなんてさらりと言われて、葵も思わず口ごもった。

「だ、だからって……」

目線を虚空に彷徨わせ、もごもごと言い返すと、櫂斗は口元に薄い笑みを浮かべた。

「でも、今日からは、我慢も忍耐も必要ない。お望み通り、たった今から一線を取っ払いましょう」

言い含めるように、やけにゆっくりとうそぶく。

足を解き、太腿に両肘をついて、顔の前で両手の指を組み合わせる。

そこに顎をのせて、細めた目を向けてきた。

「多少、言動が乱暴になるかもしれないけど、君が望んだんだ、大目に見て」

どこか狡猾にニヤッと笑うのを見て、葵はドキッと心臓を跳ね上げてしまった。

先ほどまでの動揺が戻ってくる。

落ち着かなくなり、葵は立ち上がった。

彼の視線が、自分を追ってくるのを感じながら……。

「ゆ、昨夜のようなことは、禁止ですからっ！」

「は？」

勢い任せに強気で宣言すると、櫂斗がポカンとした顔をした。

「……禁止？」

不服そうに眉根を寄せる彼に、何度も首を縦に振ってみせる。

「当然です。私は、櫂斗さんを試すんです。その結果、三カ月経っても意思は変わらず、離婚する可能性もあるんですから」

「葵、ちょっと待て」

櫂斗が、頭痛を抑えるように額に手を当て、渋く顔を歪めた。

「今時高校生のカップルでも、セックスくらいごく当たり前にする。大人で、しかも夫婦の俺たちが、なんでそんな清い関係を……」

「清くて正解です。離婚する可能性が残ってる以上、子供ができたりしたら困るじゃないですか」

「避妊するよ、もちろん」

「でも、〝万が一〟ってありますよね？」

葵が即座に畳みかけると、ギクッとした様子で口を噤む。

「だから櫂斗さんも、今まで寝室を別にしてまで、徹底して仮面夫婦を押し通したんでしょ」

「う」

葵の主張が正しかったからか、返事に窮して口ごもった。

「だったら、これからも、徹底続行です」

「……ちっ」

「し、舌打ち⁉」

「ああ、早速乱暴になってすまない。でも、葵はこの方がいいんだろ」

櫂斗は、葵が唖然としてしまうほど太々しく言い捨て、不愉快そうにそっぽを向いたけれど。

「……わかった。わかったよ」

ものすごく不本意そうに、深い溜め息をつく。

事務所一の敏腕弁護士を、論破した――。

（すごい、私……！）

地味な達成感を覚え、心の中で自画自賛する葵をよそに、櫂斗は苦虫を噛み潰したような顔をしている。

「不本意ながら、恋人としてはスタートラインに立ったばかりだし、そこは節度をわきまえて進める」

理解を示す返事に、葵もホッと安堵したものの……。

「え？　進める……？」

そこに滲んだ微妙なニュアンスに気付き、警戒しながら聞き返した。

「君は、これから三カ月、スタートラインで地蔵になって動かないつもり？　こっちは、君の離婚の意思を覆し、無にしなきゃならないんだ。遠慮なく仕掛ける」

薄い唇を妖艶に歪める彼に、ギョッと目を剥く。

「大丈夫。今以上に嫌われたら本末転倒だ。君の同意がないまま、触れたりしない」

櫂斗はクスクス笑いながら、サッと立ち上がった。

正面から対峙され、葵は反射的に背を仰け反らせた。

パンツのウエストに親指を引っかけた彼が、彼女の反応を試すように小首を傾げる。

そして、流れるように自然な動作で、彼女の顎先に手を伸ばした。

軽くクイと持ち上げながら、素早く背を屈める。

綺麗なラインの顎を傾け……。

「っ！　ちょっ！」

前髪を掠める感触で我に返り、葵は大きく一歩跳び退いた。

「あれ」

寸前で逃げられた体の櫂斗が、不満げに口をへの字に曲げる。

「たった今、触れたりしないって言ったばかりじゃないですか‼」

真っ赤な顔で非難されて「ふん」と鼻を鳴らし、やけに悠然と背筋を伸ばした。

「キスは結婚前にもしてるだろ。こっちは、一歩も二歩も譲歩してるんだ。恋人として試すことに同意したなら、そっちもそれなりの歩み寄りを見せてくれ」

なんとも不遜な言い様に、葵は絶句してわなわなと震えた。

耀斗は目を細めて彼女を見遣り、ふっと好戦的な笑みを湛える。

「怯んでばかりいないで、ついてこいって言ってるんだよ」

まるで挑発するように言って退け、彼女の額をこつんと小突く。

そして、葵が言い返す前にくるりと背を向け、書斎に向かって歩いていった。

「べ、別人……」

いや、昨夜のも今のも、普段彼が人前で晒さない一面というだけで、人格が変わったわけではないのはわかる。

それでも、敏腕弁護士でも所長でも夫でもなく、素を見せた〝恋人〟の耀斗に戸惑い、葵は立ち尽くしたまま広い背中を見送った。

夫婦再生への歩み寄り

その夜。

櫂斗はクスクス笑いながら、「今夜からは、俺のベッドに来る?」と、誘ってきた。

反応を試そうと、からかっているのだと、わかっている。

葵は頬を火照らせ、ほとんど条件反射で「行きません!」と叫んでしまった。

「残念」

そうそぶいて、寝室に下がった彼を見送ってから、葵も寝支度を整えた。

部屋に戻ろうとして、リビングの隅の階段に横目を向ける。

昼間、櫂斗から歩み寄れと言われて、葵はずっと、これからの自分のスタンスを考えていた。

(私は〝試す〟って決断したんだから。確かに、スタートラインで地蔵になって、三カ月ジッとしていちゃいけない……)

昨夜からの櫂斗の言動は、今までが嘘のように強引で、正直なところ、困惑を隠せないけれど、彼がかなり〝譲歩〟しているのはわかっている。

彼が、自分と同じ意味の〝解放〟を望んでいないのであれば、これからのことは、ひとりではなくふたりで結論を出さなければいけない。

(私も、踏み出してみないと)

櫂斗はからかい口調だったたし、おそらく、本当に彼女が寝室を訪れるとは思っていない。だから、訪ねていったらむしろ驚いて、『冗談だよ』と追い返そうとするかもしれない。

(それなら、それでいい。でも……)

追い返されず、葵が室内に入っても、彼はきっと、昨夜のようなことはしない。

昼間、櫂斗が言った『節度をわきまえて進める』という言葉。

この一年一緒に生活していたから、彼は嘘をつかないと信じられる。

葵は意を決して、くるりと方向転換した。ゆっくり、足音を立てないように、階段を上る。

二階には、櫂斗の寝室と客間があるだけだから、ほとんど上がったことがない。

一年この家で暮らしたものの、入り慣れていないメゾネットフロア。

彼は二十分ほど前に寝室に下がったけど、ドアの隙間から薄く明かりが漏れているから、まだ起きているとわかる。

葵は彼の寝室の前に立ち、一度ゴクッと唾を飲んでから、思い切って二回ドアをノックした。

「櫂斗さん。お休みになるところ、すみません」

やや緊張していて、声が硬いのは自覚していた。

「え？　葵？」

予想していた通り、中から驚いたような声が返ってくる。微かな物音の後、ゆっくり内側からドアが開かれた。

「葵、どうした？」

ドア口に立った櫂斗は、ゆったりしたパンツとロングTシャツ姿で、黒縁の眼鏡をかけていた。

寝る前のひと時、読書して過ごしていたのだろう。文庫本を手にしている。

葵は、必死に緊張を隠そうとして、服の裾を無意味に両手で引っ張り下げた。

「あの、私、これから三カ月、どういうスタンスで櫂斗さんに歩み寄ればいいのかって、考えてたんです」

「え？」

「櫂斗さんが引いた一線、今までは、私もそこに近付かないようにして、距離を保ってきたから。それが取り払われて、今度は歩み寄るって、どうしたらいいんだろうって」

目を泳がせる彼女の前で、燿斗は軽く前髪をかき上げた。

「葵は、真面目だな。そんなに考え込むことでもない。普通に、自然に過ごしてくればいい」

そんなことで頭を悩ませていたのか、と、呆れているのかもしれない。

葵は、彼には無言で何度か頷いて返してから、

「私」

胸元をギュッと握りしめて、声に力を込めた。

「答え、出しました。よほどのことじゃない限り、燿斗さんのお誘いを拒否しない。恋人になって試してみるって約束したんだから、私も踏み込んでみるのが、正しい歩み寄りになるかなって」

黙って聞いていた燿斗が、わずかに目を瞠った。

「燿斗さんから、俺のベッドに来る？って誘われたから。昼間、昨夜みたいなことはしないって約束してくれたことだし、お伺いすることにしました」

言っているうちに、緊張感が増していく。手の下で、心臓が騒ぎ出すのもわかって

いた。

誘いに応じておきながら、念入りに約束を取りつけるような言い回しで、かなり上から目線なのも自覚している。

櫂斗は、顎を引いて見下ろしていたけれど。

「……やれやれ」

やや困ったように、ふっと目尻を下げた。

「君たち親子は、どこまでも慎重だな。俺に予防線を張るのが、よほどお好みのようだ」

「え？」

彼がなにを言っているのかわからず、葵は思わず聞き返した。

櫂斗はふっと目を伏せて、「いや」と自身の発言を打ち消す。その代わり、ガシガシと頭をかき、溜め息をついた。

「まったく……。改めて約束するから、どうぞ」

ドアを大きく開いて、中に誘ってくれる。

葵の心臓が、ドキッと大きく跳ね上がる。

「あ、ありがとうございます。……お邪魔します」

意識して背筋を伸ばし、彼の前を通り過ぎようとした。

その途端。

「っ……」

「でも、葵。俺もちゃんと確認しておく」

彼に肘を掴まれ、怯みながら振り返った。

「俺が君にしないと約束したのは、〝昨夜みたいなこと〟。〝キスはいいだろ、ついてこい……〟って。昼間俺は、そう言ったはずだ」

櫂斗はそう畳みかけながら、大きく一歩近づいてくる。

「君も、踏み込んでみるのが歩み寄りだって、そう言った。……キスは拒まれないと解釈するけど、それでいいな？」

先ほど、葵が彼から取りつけた〝約束〟と同じく、念を押すような言い回しに、胸がドキドキと激しいリズムを打ち立てる。

葵はわずかに逡巡して、目を泳がせた。そして、思い切って、一度だけこくんと頷いてみせる。

頭上で、櫂斗がゴクッと喉を鳴らす。

そして。

「……了解」

短く了承を伝えると、彼女の肘を強く引っ張り、自分の方に引き寄せた。

「あっ」

抗う間もない。

葵は引かれるがまま、後ろ手でドアを閉める彼の胸に飛び込んでいた。

引き締まった厚い胸板に顔が埋まり、ドキッと胸が跳ねる。

「葵……」

櫂斗は葵を抱き寄せると、大きな手で彼女の柔らかい髪を撫でる。

筋張った指が、愛おしむように、横の髪を弄ぶ。

時折頬を掠める彼の指先の感触に、葵はビクッと片目を瞑った。

「嫌？」

櫂斗が腕の力を緩め、反応を探って顔を覗き込んでくる。

「ご、ごめんなさい。くすぐったくて。……い、嫌なんじゃない」

目を合わせるのが照れくさくて、視線を外してボソボソと謝ると、額の先で彼が
ホッと吐息を漏らした。

「それじゃあ、続けていい？」

髪をいじっていた手を頬に添えて、優しい力で彼女の顔の向きを固定しながら、確認してくる。

葵は、やっぱり目を逸らしたまま——。

「は、い」

心臓は猛烈に拍動して、加速していく。

おかげで、彼にした返事は随分たどたどしいものだった、けれど。

「その返事、待ってた」

櫂斗はふっと目を細め、今度は彼女の反応を待たず、一気に顔を寄せた。

「っ、んっ……」

葵からしたら、彼のキスは性急だった。

あっという間に唇を塞がれ、すぐに何度も食まれる。

だけど、逃げていると思われたくない。

必死に応えながら、自分でも気付かぬうちに、彼の両腕にしがみついていた。

葵が抵抗しないのを確認したのか、櫂斗が尖らせた舌先で、彼女の唇をツンとつついた。

開けてと促すような、誘う仕草に……。

「あ、ふ……」

おずおずと、薄く唇を開いた。

すると、彼の熱い舌が、すぐにぬるりと侵入してくる。

喉の奥まで追い詰められて逃げ場を失った舌を搦めとられたら、なにも考えられなくなる自分を、葵もすでに知っている。

耀斗がぶつけてくる欲情は、昨夜よりずっと優しく、とても穏やかなのに、なぜか彼女の心は熱く強く揺さぶられる。

「ん、かい……」

生まれたままの姿で肌を重ねて繋がった時と同じ、身体の奥底でなにかが疼く感覚を覚え――。

「っ……」

葵は、ゾクッと背筋を震わせた。


事務所に届いた封書類を開封して改め、毎日朝一番と午後の二回、所長室に届けるのは葵の仕事だ。

本日、その二回目。

葵は午後の封書を執務机に置いて、燿斗の前にスッと滑らせると、目線を合わせることなく、

「失礼しました」

伏し目がちに、慌ただしく背を向けた。

「ご苦労様」

彼がかけた労いは、ドアの開閉音に阻まれ、彼女には届かなかっただろう。

静かに閉まったドアを見つめ、燿斗は大きく足を組み上げた。

午後に届けられる封書は、いつもそれほど多くはない。

一番上にあった茶封筒を手に取って、逃げるように出ていった葵を脳裏に描いた。

義父である前所長の、四十九日の法要を終えてから、もうすぐ三週間。

今年も、あっという間に十二月だ。

なんとか即離婚の危機は回避したものの、燿斗は葵から〝試される〟日々を送っている。

それを彼女に提案したのは、他でもない自分自身だが……。

(俺が試されてるのは、愛情じゃなく忍耐か……？)

あの夜から、毎晩葵とベッドを共にしている。

キスの許可は得ているから、彼は彼女の唇を貪る。

しかし、熱情が昂り、身体が興奮を覚える寸前で、

『お、お休みなさい！』

葵はいっそ清々しいほど、甘い空気をビシッと寸断する。

濃密なキスの余韻を払拭するように、彼に背を向けてしまうのだ。

（かえって、触れたい気持ちが加速する。こんな想いで焦がれるのは、俺だけか？

葵の方は……）

表情や仕草、目線から、人の心を読むのは得意としている櫂斗も、葵だけは掴めない。

だからこそ、彼女が離婚という言葉を口にせず、一日が終わるとホッとする。

今、劣勢なのは自分の方。

踏み込みたいのに、踏み込めない。

こんなに焦らされる感覚は、久しぶりだ。

しかし、強引に組み敷いたものの、虚しさしか残らなかったあの夜のことは、彼にとっても苦い記憶だ。

お互いに傷つくだけだったことを考えると、結局慎重にならざるを得ない。

（まだ、三週間。焦るな、俺）

自分にそう言い聞かせると、手にした封書を乱暴に執務机に放り、チェアに深く寄りかかる。

天井の蛍光灯が発する、白い明かりが降り注いでくる。

眩しくて、とっさに目の上に腕をかざして遮り、深い溜め息をついた、その時。

「須藤所長、失礼します！」

ノックと同時に、弾んだ声が聞こえてきた。

櫂斗はハッと我に返り、チェアをギッと軋ませて背を起こす。

「どうぞ」

気を取り直し、意味もなくネクタイを直しながら返事をすると、開いたドアからベテランの男性弁護士、河野と、アシスタントの聖子が入ってきた。

「所長、栄西記念病院の医療過誤訴訟、本日上告審で勝訴いたしました」

櫂斗は、無意識にピクッと眉尻を上げる。

執務机の前で足を止めた河野は、やや頬を上気させていた。

上告審の結果については、一時間ほど前に聖子から、興奮冷めやらない上擦った声で、電話報告を受けている。

「よかった。おめでとうございます」

耀斗は、慰労の言葉を発して、スッと立ち上がった。机越しに、彼と握手を交わす。

「所長のお力添えあっての勝訴です。ありがとうございました」

耀斗より弁護士歴の長いベテランだが、河野は平身低頭の体で返す。

それも仕方がない。

彼は、医療訴訟の経験がなかった。

一審では勝訴したのに、控訴審で逆転敗訴となり上告するという辛酸を舐めた。

前所長の容態が悪化の一途を辿り、予断を許されなかった頃のことだ。

公私ともに身を削るような忙しさの中、耀斗は全力でふたりをサポートした。

河野が追加調査に駆けずり回り、事務所に不在がちだったため、所長室に日々報告に訪れるのは、もっぱら聖子の役目だった。

耀斗が与える助言も、彼女を経由する。必然的に、所長室で彼女とふたりになることが多くなり、結果として、葵の誤解を助長した。

「いえ、本当にお疲れ様でした。今日は早く帰ってゆっくりしてください」

耀斗の言葉を受けて、河野は深々と一礼した後、すぐに踵を返した。

聖子は耀斗と彼を交互に見遣っていたものの、後を追わず、その場に佇んでいる。

河野がひとりで先に退室すると、

「……須藤先生」

肩に力を込め、改まった様子で呼びかけてきた。

「彦田さん。君もお疲れ様でした。次の案件も、頑張ってください」

腰かけようと、チェアを引く彼の隣に、聖子が執務机を回り込んで駆け寄ってくる。

「……なにか？」

櫂斗が短く促すと、思い切ったようにグッと顔を上げた。

「次こそは、須藤先生の法廷の、お手伝いをさせてください」

なにか、よほど感情を抑えているのだろう。聖子は頬を紅潮させて、彼の方に一歩踏み込んでくる。

「この一年近く、河野先生のアシスタントをしていて、やっぱりどうしても須藤先生と比べてしまいました」

「河野先生は、優秀な弁護士ですよ。僕よりずっと立派なキャリアをお持ちだ。彼からも、君のアシストぶりを評価する声をいただいてるので、次も河野先生とお願いします」

櫂斗は、彼女の意気を寸断するように言葉を挟んだ。

勢いを削がれ、口ごもった彼女に、ちらりと横目を向ける。

「比べるほど、河野先生と僕のやり方が異なっていたのなら、それもまたいい勉強です。他の弁護士に就く機会も設けますから、それぞれのやり方を盗んで、君なりの弁護士像を掴んでください」

「何度も言ってるじゃないですか！　私は、須藤先生に憧れて。先生みたいな弁護士になりたいから、他の先生に就いたってこれ以上なにも……！」

「身につくことがないと言うなら、君の学ぶ姿勢には多大な問題がある」

耀斗は、淡々と、それでいて鋭い口調で、聖子をビシッと制した。

返事に窮して悔しげに唇を噛み、視線を逃がす彼女に、短い息を吐く。

「河野先生は企業案件を多く手掛けています。医療過誤訴訟は初めて担当してもらいましたが、今回の苦い経験も、彼の財産になる。君が河野先生から得られることは、まだまだたくさんあるはずです」

「だから、私は今後も、先生に就かせていただけないんですか？」

聖子は、ムキになって食ってかかってきた。引くに引けない様子だ。

耀斗が眉根を寄せ、不快感を滲ませるのにも気付かない。

「須藤先生。私が先生に憧れてたのは、弁護士としてだけじゃありません」

感極まって、涙目になって訴える。

しかし、無言で彼女を見下ろす櫂斗の目は、冷ややかだ。

「私は、この事務所に入った頃から、ずっと須藤先生のこと……」

「彦田さん。業務時間中だということを、わきまえてください」

聖子がなにを口走るかを読み、先回りして遮る。

さすがに彼女も、喉の奥まで出かかった言葉を、ごくりとのみ込んだ。

顔を歪ませ、唇を戦慄かせて俯く。

櫂斗は声に出して溜め息をつくと、鷹揚に腕組みをした。

「まあいい。せっかくだから、はっきり言っておきます。僕は既婚者です」

「っ、でも！　ただの政略結婚じゃないですか！」

弾かれたように、聖子が顔を上げた。

「先生には、三田村さんと付き合ってる素振り、全然なかった。一番先生のそばにいた私にはわかります。先生、前所長から彼女を押しつけられただけでしょ⁉」

ヒステリックになって、声を荒らげる。

「愛してなんか、いないくせに……」

「俺は前に言ったはずだ。勝手な憶測で、余計なことを勘繰るな……と」

地の底を這うような低い声に、聖子がビクッと身を竦ませた。

「あ……」

それでやっと、自分に向けられる彼の目の冷たさに気付いたようで、ひくっと喉を鳴らす。

「君がなんと言おうと、俺は妻を愛している。首を突っ込むのは、もうやめてもらえないか」

燿斗は素っ気なく言い捨て、ゆっくりとチェアに腰を下ろした。

悠然と足を組み上げ、そばに立ち尽くす彼女を、斜めからの目線で見上げる。

「そういえば君……葵に、俺を解放しろと言ったって？」

彼の視線に射貫かれ、聖子が肩を震わせて反応した。

「あ、あの……」

「なんの権利があって、そんな命令をした？」

一層辛辣に言って退け、ハッと浅い息を吐く。

「悪いが、好意も、そこまでいくとはた迷惑だ」

話は終わりだとばかり、燿斗は執務机の上から封書を摘み上げた。

わなわなと身体を震わせて絶句する彼女を、視界の端に映して……。

「ああ、それから」

ふと、思い出したように、ポンと手を打った。

「このこと、葵が僕に告げ口したんじゃありません。彼女は君に言われたことを、今までずっと黙っていた」

いつもの飄々とした口調に戻り、封筒から書類を取り出す。

「これで逆恨みして、なにか行動を起こすようなら、事務所の風紀を乱しかねない。所長として、厳正に対処しますから、そのつもりで」

無慈悲な最後通牒に、聖子は「うっ」と嗚咽を漏らした。

「話は済みましたね？　では、出ていってください」

冷酷な退室命令を聞いて、彼女はくるっと踵を返す。両手で顔を覆い、バタバタと騒々しく所長室から駆け出していった。

薄く開いたままのドアから、「聖子⁉　どうしたの」と、パラリーガルの素っ頓狂な声が聞こえてくる。

櫂斗は床に着いた足を軸に、チェアをゆらゆらと揺らしながら――。

「ふっ」

満足げに、緩く口角を上げた。

リビングの壁時計の針が午後十一時を過ぎた時、玄関の鍵が開く音がした。

パジャマの上からカーディガンを羽織り、ソファに身を沈めて櫂斗の帰りを待っていた葵は、いつの間にかうたた寝していたが、

「……あ！」

音に気付いて目を覚ますと、弾かれたように立ち上がった。

「櫂斗さん！」

パタパタとスリッパを鳴らして、玄関先に急ぐ。

櫂斗がちょうど廊下に上がったところで、不思議そうに顔を上げた。

「ただいま、葵。ここまで出迎えてくれるなんて初めてだな」

からかうように目を細め、彼女の頭をポンと叩いた。

「シャワー浴びてくるから、先にベッドに入ってろ」

軽い調子で言って、彼女の横を通り過ぎていく。

葵は条件反射でドキッと心臓を弾ませてから、ハッと我に返った。

「ちょっ、待ってください、櫂斗さん！」

慌てて彼のスーツの裾を掴み、その歩みを止める。

「なに？」

櫂斗は廊下の中ほどで立ち止まり、葵の手元を確認するように、肩越しに見下ろす。

「きょ、今日！　事務所で、彦田さんになにをしたんですか」

「……は？」

質問の内容が想定外だったのか、虚を衝かれた様子で目を丸くする。

葵はスーツから手を離し、彼の前に回り込んだ。

「上告審が終わって、河野先生たちが帰ってきて。先生が所長室から出てきた後、彦田さんとふたりで……」

勢いに任せて踏み込み、思わず身を乗り出してしまう。

櫂斗は、わずかに背を仰け反らせたものの、

「ああ」

なにか思い当たったのか、軽い相槌を打って、ニヤリと口角を上げた。

「妬いてくれてる？」

「⁉　違います！　そうじゃなくて！」

逆に身を屈めて顔を覗き込まれ、葵は慌てて一歩跳び退いた。

「なんだ。違うのか」

「彦田さん、号泣して出てきたって！　裁判終わった後で、労って、褒めてもらっていいはずなのに、なんで……」

「労ったし、褒めたよ。歯が浮くほど」

櫂斗が、なにやらげんなりした顔で、皮肉げに遮る。

「っ、え？」

今度は葵の方がきょとんとして、忙しなく瞬きをした。

「どうしても俺のアシスタントに就きたいって聞かないから、我慢が続くところまで、神対応で窘めた」

その時のことを思い出しているのか、彼は疲労困憊といった様子で、深い溜め息をつく。

「アシスタント……え、業務上の命令ですか？」

彼の返事をもとに、葵は一応結論づけてみたものの、どうにも腑に落ちない。

（号泣……って、希望を聞いてもらえなかったから。それだけ？）

無意識に眉根を寄せ、首を傾げる彼女の前で、櫂斗はひょいと肩を竦めた。

「まあ、その後、業務に関係のない個人的な好意を剥き出しにして、食ってかかってきたから、ちょっとお灸据えておいたけど」

蘇った。

「好意……え？　お、お灸⁉」

葵は、普段の彼とは別人の強引な一面を知っているから、危険な予感が走る。

そのタイミングで、いつだったか、櫂斗が彼女を執務机に追い込んでいた光景が蘇った。

(も、もしかして……あれをまた彦田さんに……⁉)

あの時も、ふたりの距離の近さにモヤモヤしたが、今はまた、少々違った意味で胸に引っかかる。

(私を好きって言ってくれるわりに、どうして他の女性にああいうことを……)

先ほど、『妬いてくれてる？』とからかわれた時は、『違います！』と言い返せたのに、今になって湧く嫉妬心に戸惑う。

そのせいで、よほど複雑な顔つきになっていたのか。

「……おい。葵。なにか不愉快な妄想してないか」

言葉通り、不快そうに眉尻を上げてツッコまれ、反射的にギクッと身を竦ませた。

「え、っと……？」

まっすぐ視線を返せず目を泳がせる。

その反応に、櫂斗が深い溜め息をついた。

「はっきり拒絶しただけだよ」

「え、拒絶？」

葵は、その冷淡なひと言に、思わず怯んでしまった。

そう、と、相槌が返ってくる。

「そもそも、俺は以前から、彼女の誘いはすべて断っていた。どうでもいいから放っておいたけど、結婚してもまとわりつかれては迷惑だ。当然のことだろ」

「だからって……耀斗さん、冷たく言ったんじゃないですか？」

今の葵には、そんな冷酷な彼も想像に難くない。

あの、いつも強気な聖子がそこまで泣くからには……と、ついついなじるような口調になった。

耀斗が忌々しそうな顔をして、「ふん」と鼻を鳴らす。

「俺と別れろだの解放しろだの……君に対する意味不明な越権行為を、断罪しただけだ」

「あ……」

「俺が表立って庇（かば）うと、ますます君への風当たりが強くなる。だから、できるだけ穏便に計らってきたつもりだ。でももう、君の夫として、黙ってなどいられない」

悔しげに顔を歪め、ギリッと奥歯を噛みしめる。

「陰口だけじゃなく、葵に直接的な攻撃をしていたと知って、仏心で水に流すなんてできない。所長としてじゃない、俺自身が制裁したまでのこと。妻を守ってなにが悪い」

「っ……」

語気を荒らげて自論を説く彼に、葵の胸はきゅんと疼いた。

今でも聖子への苦手意識は根強いが、耀斗からきっぱりと拒絶された彼女の傷心を思うと、同じ女として胸が痛む。傷つく気持ちはわかるから、無慈悲な彼を注意せねばとも思った。

しかしそれは、葵を守るための言動だったのだ。その上、夫として当然の行為だとまで言い切られ、じわじわと滲み入るような嬉しさが広がっていく。

「も、もう……」

どうリアクションしていいのかわからなくなり、葵はほんのり染まった頬をわずかに膨らませた。彼と目が合うのを避け、虚空に彷徨わせる。

「ごめんなさい。……ありがとうございます」

胸いっぱいに浸透する淡い想いがくすぐったくて、たどたどしく呟く。

「礼？」

短く聞き返され、ほんの少し迷ってから、一度頷いてみせた。

「私……耀斗さんに冷たくされた彦田さんの悲しみ、同じ女だからわかるって、同調してるつもりだったんです」

顔を上げることができず、彼の足の爪先辺りに目線を落としたまま、言葉を選ぶ。

「でも、本当は違う。私は、上から目線で同情していただけ。そういうの、醜いって思うのに……」

「君が、上から目線？」

耀斗が彼女の言葉を繰り返し、先を促してくる。

葵は肩を力ませて、一度こくんと頷いた。

「耀斗さんの妻は、私、って……」

ボソボソと、歯切れ悪く言ったせいか、頭上から「え？」と聞き返す声が降ってくる。

「あっ！　優越感とかじゃないですよ。でも、私の夫としてって言ってくれて、嬉しかったから……だから、ありがとうございます」

勢いに任せて、なにやら言い訳みたいになってしまった。

彼が黙っているから、どう思われたのか気になる。

「……耀斗さん？」

なんでもいいからリアクションしてほしくて、葵はそっと上目遣いに彼を窺った。

すると。

「……くっ」

彼は口元に大きな手を当てて、その奥でくぐもった声を漏らす。

「な、なんで笑うんですか」

自分としては、醜く嫌な感情を前向きなものに変えて、うまく言い表せたと思っていた。

でも笑われてしまうと、やはり高慢でいい気になっているように聞こえたかと、撤回したい衝動に駆られる。

ところが――。

「そうだな。君に対して、俺が守るなんて考え自体、傲慢だった」

「え……？」

耀斗は、一転して優しく目尻を下げ、なにか眩しそうに彼女を見つめた。

彼の瞳がなんとも言えず温かく、愛おしむような色が滲み出ていて、葵の心臓はドクッと沸き立つ。

「君が、俺の妻だという自信を取り戻せるよう、心を全部曝け出す。それが、俺がすべき一番大事なこと」

なにかを悟ったように、柔らかく微笑む彼に、鼓動は静かに緩やかに加速していく。

「何度でも言う。葵、君を愛してる」

ためらうことなくまっすぐに告げられ、葵の胸は限界を知らず高鳴る。

「かい……」

反射的に呼びかけた声は、影を落としながら覆い被さってきた、彼の唇にのみ込まれた。

「ん、んっ……」

一歩踏み込まれ、廊下の壁に背中がトンとぶつかる。

彼女が逃げ場を失ってもなお逃がさないというように、櫂斗は壁に両方の上腕をついて、その狭い隙間に囲い込んだ。

「葵、葵……」

自ら口にした、『愛してる』という言葉に煽られたのか。熱っぽく、どこか切なげな声で繰り返し名前を呼ばれ、葵はゾクッと背筋を震わせた。

宣言通り、熱情を露わにぶつけてくる彼から逃げないよう、必死に応える。

しかし。

「……君が、欲しい」

絞り出すように言って、櫂斗の唇は、顎先の方へと移動していった。

そのまま首筋に這っていき、軽く吸われる感覚に、鼓動がひっくり返った音を立てる。

「か、櫂斗さん！　あの、待っ……」

背を屈めた櫂斗に、鎖骨のあたりにキスを落とされ、葵は焦った。

「約束したじゃ……！」

彼の両肩に手を置き、制止しようとする。

しかし、櫂斗は彼女のカーディガンとパジャマのボタンを外し、胸元を開いていく。

「えっ。櫂斗さ」

慌てふためく葵に構わず、骨ばった指をブラジャーの縁に滑らせ、クイと下にずらし……。

「ちょっと待って……っ、あ！」

尖った胸の頂をいきなり咥えられて、葵はビクッと身を震わせる。

一瞬にして全身に甘い痺れが駆け抜け、たまらず背をしならせた。

「や、やめて、櫂斗さんっ！　約束したのに……」

「破ってない。これは、キスだ」

敏感な部分を声と吐息でくすぐられ、否応なく、ゾクゾクと戦慄してしまう。

「俺は、唇以外の場所にはキスしないなんて、ひと言も言ってない」

清々しいほど開き直って、屁理屈で返され、葵はカアッと全身を火照らせた。

「こんなのキスじゃ……ダメ、ダメっ……！」

お腹の奥の方がきゅうっと締まり、背筋に電流が走ったみたいにビリビリする。

「嫌っ！　櫂斗さん、怖い……っ」

一度、彼自身に刻みつけられて知った、抗いようもなく痙攣する感覚に襲われ、葵は半泣きになって叫んだ。

途端に、櫂斗がハッと息をのむ。

「っ、ごめん」

喉に引っかかったような声で口走り、自分から彼女を引き剥がした。

葵は一瞬呆然としたものの、すぐに我に返り、はだけたパジャマを急いでかき集める。

「悪かった。すまない」

耀斗は口元を手で隠して繰り返し謝ると、スッと背筋を伸ばした。

「あ……耀斗さん。ちが、私……」

力強く拒んでしまったせいで、彼を傷つけてしまったかもしれない。

葵は、慌てて弁解しようとした。

だけど。

「葵。今夜は俺のベッドに来るな。禁を犯しそうだ」

耀斗は顔を背け、壁にもたれかかったままの彼女に背を向ける。

「え、耀斗さ……」

「お休み」

どこか素っ気ない挨拶だけ残して、さっさとリビングに入っていってしまった。

強烈な痺れを体内に置き去りにされ、葵の胸はドッドッと激しく乱れ打っている。

彼の背中が見えなくなると同時に、いきなりガクッと力が抜け、その場にへなへなとしゃがみ込んだ。

約束通り手を触れず、唇と舌先だけでいじられた胸の先が、ジンジンと切なく疼く。

「違う……耀斗さん。違うの……」

怖かったのは、燿斗でもなければ、彼の行為でもない。

彼に触れられただけで、潤い、満ちる自分の身体の反応だ。

なにも考えられなくなって、どこもかしこも力が入らず、ドロドロに溶かされてしまう自分を、葵はもう知っているから――。

「違うの、謝らないで……」

意思とは関係なく戦慄く身体を抱きしめ、掠れる声を消え入らせた。

翌日、金曜日。

葵の先輩事務員の和美が、産休前の最終出勤日を迎えた。

歓送迎会といったイベントの際、通常は夜に飲み会をするが、なにせ今回の主賓は妊婦。そのため事務課全員で、ランチに出かけることになっていた。

会場は、和美の希望で、同じビル内の商業フロアにある老舗の洋食屋だ。

総勢十五人になるため、午前十一時半の開店に合わせて、席の予約をしてある。

「三田村さん、どう？　行けそう？」

時間が迫り、幹事の先輩が声をかけてきた。

「あ、はい。大丈夫です」

葵も切りのいいところで仕事の手を止め、外出の準備を始める。

「須藤所長も誘ってたんだけど、やっぱり仕事片付かないからって。残念」

デスクの横を通り過ぎた幹事の先輩が、和美にそう声をかけているのが聞こえる。

思わずドキッとして、ピクッと手が震えてしまった。

「仕方ないわよ。お忙しいんだし」

和美が、眉をハの字に下げる。

「でも、楽しんできてって。軍資金、預かったわよ」

「え～、太っ腹！　葵、ご馳走様！」

「っ、へ？」

声を弾ませて言われて、葵はパチパチと瞬きをした。

和美と先輩が、こちらに顔を向けてニヤニヤしている。

「え、ええと……。お礼は、私じゃなく所長に」

「もちろん、後でちゃんと挨拶に行って、お礼言うけど」

葵は愛想笑いで返しながら、一瞬跳ね上がった胸に手を置いた。

主賓の和美も他の事務員たちも、櫂斗の参加を期待していただろうし、欠席を残念に思っているのはわかる。

だけど――。

（ちょっと……よかった）

彼が参加するとなれば、席順は否が応でも想像できる。

主賓の和美の隣。そして、その逆サイドは妻の葵だ。

さすがに、昨夜の今日では、普通の顔をして隣に座れない。

(結局、朝も顔合わせなかったし……)

葵がいつもの時間にリビングに行くと、彼はもう出勤した後だった。

彼女の朝のルーティンワーク、郵送物の開封確認も自分でやったようだ。

おかげで、午前中に所長室を訪れる用がなくなってしまい、今日はまだ顔を合わせていない。

彼も、昨夜は変な屁理屈を言っていたけど、ほとんど約束を破ったものだと自覚して、気まずいのだろうか。

葵が『怖い』と言ったから、気にしているのかもしれない……。

「………」

彼の心を測って、無意識に唇を噛んだ時。

「失礼しまーす」

女性のパラリーガルがふたり、事務室に入ってきた。

「あ、すみません。電話番、よろしくお願いします」

幹事の先輩が、そう声をかけているのが聞こえる。

昼休みの間、事務課が全員出払ってしまうため、その間の電話番を頼んであるのだ。

「いいえ、行ってらっしゃい」

ふたりは、空いているデスクの椅子に腰かけながら、返事をした。

事務員たちが、デスクから離れて廊下に出ていく。葵も、その最後についた。

と、そこに――。

「ねえ。今日、彦田さんが休んでるのって、体調不良かなんか？」

パラリーガルのひとりがそう言うのが聞こえて、ピタリと足を止めた。

「え？　昨日裁判終わったばかりだし、慰労休暇じゃないの？」

ふたりともパラリーガルの中で一番の若手で、聖子が親しくしているグループの人ではない。聖子の欠勤理由に関心があるようではなく、ただの世間話といった感じで話題にしている。

（彦田さん、休んでるんだ……）

彼女から事前に休暇の届け出はなかったはずだし、昨夜櫂斗からもなにも聞いていない。突発的に休んでいるとしたら、その理由を想像できるから、葵は複雑な気分で足元に目を落とした。

「葵～？　どうしたの？　早くおいで！」

廊下からそう声をかけられて、ハッとして顔を上げた。

今日のランチの主賓の和美が、少し先で立ち止まって、こちらを振り返っている。

七カ月を過ぎてから、急に大きくなったお腹。その頃から、彼女はお腹をさすって撫でる仕草を、よくするようになった。

今も、おそらく無意識だろうが、お腹に手を当てている。

「あ、はい！」

葵は、パラリーガルたちを気にしながら、事務室を出た。

予約時間ぴったりに店を訪れると、眺望を楽しめる窓際の席が用意されていた。

四人掛けのテーブルが、四つ繋げられている。主賓の和美は真ん中、葵はその隣に座った。

ランチコースの前菜がサーブされると、ミネラルウォーターで乾杯した。

休憩時間だから、残念ながら、ゆっくりのんびりというわけにはいかない。

皆、早速食事を開始する。

話題はもちろん、和美のお腹の赤ちゃんのことだ。

葵はすでに聞いているが、結婚五年目での妊娠は、本人にとっては〝想定外〟だったそうだ。

「ふたりでいる時間が、長かったからさ。互いの親からは早く孫を、ってせっつかれたけど、私たち夫婦は、そんなに急がなくてもいいと思ってたのよ」

テーブルのどこかから、「なんだ、そうなの～？」と声があがった。

「もしかして、なかなか授からないのかなって心配してたのよ」

和美が苦笑して、「ごめんなさい」と謝っている。

普通の夫婦生活をしていて、二年経過しても子供を授からないと、不妊症が疑われることは、葵も知っていた。

デリケートなことだし、さらっと世間話にもできない。

事務課にはワーキングマザーも数人いるが、皆、葵と同じく気遣っていたのか、いつの間にか子供の話題を控えるようになっていた。

（でも、そうだったんだ）

葵は、会話に花を咲かせる和美の横顔を眺め、ぼんやりと考えた。

少し前までは、結婚したらほどなくして子供ができて、家族が増えるのが当たり前と思っていたが、今はそうじゃないとわかる。

夫婦の形に、〝普通〟はない。

子供を作らずふたりの時間を大事にする夫婦もいるし、カップルの数と同じだけの、多種多様な考えや形があっていい。

なにせ、耀斗と葵も、始まりからして、〝普通〟からかけ離れている。

父は彼女が妊娠すること自体を望んでいなかったし、耀斗の両親からも和美のようにせっつかれたことはない。

自分たちと比較しながら、

(私たちはこの先……)

耀斗との〝これから〟に思いを馳せた時。

「ね、葵。葵のとこは、どうなの?」

逆隣からコソッと訊ねられて、ハッと我に返った。

「っ、え?」

テーブルの上で交わされる会話から意識が遠退いていたため、なにを問われたのか、瞬時にわからなかった。

「え? じゃなくて。次は三田村さんの番でしょ」

「私?」

「とぼけないの! 須藤所長との、赤ちゃんよ」

同僚は、噂好きの女性ばかりだ。

皆、興味津々といった様子で目を細め、テーブルのあちらこちらから探ってくる。

「あか……えっ⁉」

無意識に反芻しかけて、なんの話題か気付き、葵はギョッと目を剥いた。

そして、カッと頬を赤らめる。

「い、いいえ。私たちは、まだ……」

慌てて当たり障りなくごまかし、グラスを手に取った。

グイと傾ける横で、和美が「こらこら」と皆を窘めている。

「葵はお父さんを亡くしたばかりだし。この一年は、それどころじゃなかったでしょ」

父を見送った今となっては、そういうことにできる。

葵はぎこちなく笑って、何度か頷いて同意を示した。

「あら。じゃあ、これから本腰入れるってとこねー。頑張って」

向かい側の席の先輩が、テーブルに頬杖をついてニヤニヤとからかってくる。

「がん……ごほっ……」

なにを指して〝本腰入れる〟なのかわかるから、思わず噎せ返ってしまった。

「所長、相変わらず仕事三昧だけど、所長業務にも慣れただろうし。家庭に割く時間もできそうじゃない？」

「いいなあ、須藤所長の子供かあ。美男子確定よね」

「え？　男の子限定？」

「だって、女の子のお父さんってイメージじゃないもん」

「それを言ったら、人のものになるイメージもなかったけどねー」

同僚たちは、葵をそっちのけで、きゃあきゃあと勝手に盛り上がり出す。

「やれやれ」

さすがに和美もお手上げといった感じで、苦笑いをした。

葵はようやく咳が鎮まり、トントンと胸を叩きながら、もうひと口、水を飲んだ。

そして、「ふう」と息を吐く。

「でも、須藤所長も、考えてるんじゃないかしら。子供」

「……え？」

グラスをテーブルに戻し、和美に聞き返した。

「ど、どうしてそう思うんですか？」

条件反射でドキッと跳ねた胸に手を当て、同僚たちを憚りながら、小声で訊ねる。

「前所長の四十九日も終わって、少し落ち着いたでしょ？　みんなの言う通り、いくらか時間に余裕もできるだろうし」

きょとんとした顔で答えられ、葵は思わず口ごもる。

「忙しい人だしね。葵には外で働くよりも、家にいてほしいって考えてそう」

「……そうでしょうか？」

考えてみれば、そういうことを一度もちゃんと話し合ったことがなかった。

和美の口ぶりには、やや亭主関白的な古い夫像のニュアンスを感じて、首を捻ったものの。

「まあ、それはちょっと極端かもしれないけどさ。疲れて帰ってきて、かわいい嫁と子供に『パパ、お帰りなさい』って出迎えられたら、破顔して喜びそう」

彼女の逞しい妄想を、自分の頭の中で再現してみて、思わずクスッと笑ってしまった。

（私たちに、そんな未来が来るのかな……）

皆、ふたりを幸せな夫婦だと信じて、疑いもしないようだが、実態は、葵が離婚を申し出て、彼を恋人、夫として〝試している〟最中。二カ月後には、離婚しているかもしれないのだ。

そんな状況で、子供なんて想像できない。

しかし。

「そういえば昨日……」

出迎えとは違うけれど、玄関先まで出ていったら、少し嬉しそうだったのを思い出し……。

「っ……」

すぐに、その後のことが脳裏に蘇り、ドクッと心臓が沸き立った。

妙なタイミングで息をのんでしまったせいで、和美が怪訝そうに「葵?」と呼びかけてくる。

「い、いえ。なんでも……」

暑くもないのに、背中に変な汗が滲む。

取ってつけたような笑顔でごまかし、葵は無駄にせかせかと、ナイフとフォークを動かした。

(やだ……真っ昼間なのに。私、なんてこと思い出して……)

自分の想像に先導されて、昨夜櫂斗にいじられた胸の先が、ビリビリと痺れている。

彼のザラッとした舌に嬲(なぶ)られ、抗いようもなく背筋がゾクッとした感覚は、鮮明に刻まれている。

今も身体が震えそうになるのを、肩に力を込めてこらえる。

耀斗は昨夜、『禁を犯しそうだ』と言って、彼女とベッドを共にするのを拒んだ。

今朝からわかりやすく避けるのも、猛省しているからだろう。

だけど……。

（ひとりにされた私が、どんな気持ちになったと……）

遠慮なく暴かれ、中途半端に放置されたおかげで、身体の奥底に、切ない疼きが小さな火種になって残ったまま。燻（くすぶ）った熱に煽られ、肌が火照る。

落ち着かなくて不快なのに、自分じゃどうすることもできない――。

（耀斗、さん……）

胸がきゅうっと締めつけられるように痛み、反射的にグッと目を閉じた。

（あの夜……すべてが嫌だった、わけじゃない）

耀斗に抱かれたあの日、初めてを強引に奪われた怒りと、獣のようだった彼への恐怖の念は確かにあった。

しかし間違いなく、互いに秘めて押し隠してきた本心を、ぶつけ合うきっかけになった。

耀斗は今、この一年、葵が欲してやまなかった〝愛〟を見せてくれている。

あれだけ固かった離婚の決意が、揺さぶられるほどに……。

（昨夜、私が怖がらなかったら。ベッドを共にしていたら。私は、あの夜と同じように……）

そんな連想ゲームに頼るまでもなく、葵は、本当は〝期待〟していた自分に気付いていた。

「でもさ、葵」

突如、なにか改まった口調で声をかけられ、ハッと我に返った。

和美がテーブルに頬杖をつき、にっこりと笑っている。

「私が職場復帰する前に、ご懐妊なんてことになったら、ちゃんと知らせてよね。下手したら入れ替わりになって、すれ違っちゃいそうだし」

「は、は……。そ、そうですね」

ドキドキと騒がしい心臓の音を気にして、葵は胸に手を置いた。

テーブルの上で交わされる会話も、葵と櫂斗から離れていく。

話題が変わっていくことにホッとして、身体の火照りが鎮まるのを待った。

櫂斗が電話を終えたのとほぼ同じタイミングで、所長室のドアがノックされた。

今朝からあまり時間を気にせず、書類仕事に没頭していたが、無意識に左手首の腕時計に目を落とす。

　午後四時。

いつも、葵が郵送物を届けに来る時間だ。訪問者は、彼女だと信じて疑わなかった。

「葵……」

思わずチェアから腰を浮かせて、名前を口走った。

しかし。

「失礼します、所長。葵じゃなくて申し訳ありません」

「……あ」

ドアを開けて中に入ってきたのは、事務員の和美だった。

葵が入職した時から、指導係をしていた女性。結婚当初、聖子をはじめとした一部の女性パラリーガルに、葵が辛辣な陰口を叩かれた時も助けてくれていたそうで、

『とてもいい先輩なんです』と、信頼を寄せているのも聞いていた。

その彼女が、大きなお腹に両手を置いて、執務机の前までゆっくり歩いてくる。

それを見て、櫂斗はしっかりと立ち上がった。

「明日から産休に入りますので、ご挨拶に参りました。今日のランチ、ご馳走様です」

「ああ……いいえ」

オフィスなのに、葵を名で呼ぶのを聞かれた手前、きまりが悪くて、まっすぐ目を合わせられない。

それを、咳払いでごまかし、

「ランチ会、お声がけいただいていたのに、参加できず申し訳ありませんでした」

もっともらしい謝罪を返した。

和美が、執務机の向こうで足を止めた。

「改めまして。これまでありがとうございました。再来年の春に復職予定でいますので、よろしくお願いいたします」

腰を曲げて深く頭を下げるにも、お腹が邪魔のようだ。

浅く背を屈めた和美が顔を上げるのを待って、耀斗も気を取り直した。

「こちらこそ、ありがとうございました。どうぞ、お身体を大事に。元気に復職される日を心待ちにしています」

淀みなく挨拶する彼に、彼女はクスッと笑った。

「……なにか？」

その笑みがなにか意味深に思えて、耀斗はわずかに首を傾げる。

「所長。もし間違っていたら、申し訳ないんですけど」

和美はそう前置いて、静かに切り出す。

「所長と葵……結婚から始まった関係……ですよね？」

「っ」

穏やかに、しかしさらりと直球で問われて、彼も言葉を失った。

その反応が、答えになったようだ。彼女は、「やっぱり」と目を伏せて呟く。

「私だけじゃないです。所内でも複数の人が、所長と葵が恋人として付き合ってた事実はないはず、と思ってます」

「……栗田さん」

「でも、始まりなんてどうでもいい。あなたは今、葵の旦那様ですから。ちゃんと、幸せにしてあげてくださいね？」

呼びかけた途端、キリッとやや厳しい目をして言われて、思わず口ごもる。

「私の客観的な視点ですが……葵、お父さんが病気になって、不安で心細かったでしょうけど……それよりも、寂しそうだったのが、気になるんです」

「っ……」

とっさになにも返せず、視線を彷徨わせたせいで、不審を招いたようだ。

「まさかと思いますけど……。以前の噂通り、彦田さんと」

和美から眉根を寄せて腕組みしながら言われて、

「それはない。絶対。今までも、これからも」

反射的に言葉を挟んだ。

しかし、葵が父親の目にも愛されているように見えないよう、一線を引き続けたのは、他でもない自分だ。

俯いて、目を伏せる。

「確かに僕と葵は、恋人として交際した期間もないまま、結婚しました。前所長から、大事なものだと託されて」

和美は、先を促すように、相槌も打たずに黙っている。

「いろいろと憶測があるのはわかってますが、これだけは断言しておきます。僕は……愛してもいない女性を娶って、一生を約束するほど、慈善的な男ではない」

彼がきっぱりと言い切ると、ふっと表情を和らげた。

「そうですよね。多分所長は、そんな優しい人じゃない」

「……言いますね」

「もし優しい人なら、あの彦田さんがショックで欠勤するほど、こてんぱんに振ったりしないでしょうから」

「こてんぱんって。常識に沿ったことを言ったつもりですが」

「よくやった、って言いたいんですよ。葵の味方としては」

悪戯っぽく目を細めてからかわれ、櫂斗は思わず苦笑した。

「仰る通りです。僕は冷たくて意地悪で、その上我儘でタチの悪い男。この一年、葵につらい思いをさせた自覚はあるので、今後は思いっきり大事にしますよ」

やや自嘲的な笑みを浮かべ、それでもはっきり宣言するのを聞いて、和美がクスッと笑う。

「……まあ、暴走しない程度に、ですが」

櫂斗は口に手を当て、ボソッと独り言ちる。

「え？」

「いえ」

聞き返されて、すぐに短く打ち消した。

「それなら、安心です。事務員のみんなにお願いしておきますけど、もう彼女が葵にちょっかい出さないよう、守ってくださいね」

和美もホッと息をつき、顔を綻ばせた。

櫂斗は、無言で頷いて応えた。

しかし、その必要はないことを、すでに知っている。

自分にできるのは、昨夜言った通り、葵に、愛していると隠さず伝えていくこと。

彼女は愛されることで自信を持って、自分の力で強くなれる。

おそらく……次はないと思うが、もし聖子がまた嫌がらせをしてきたとしても、自力で跳ね返せるはずだと、櫂斗は今、信じきることができる。

和美がお腹をさすりながら、「それから」と続けた。

「葵にも言ったんですけど。もし、私と入れ違いになるようだったら、ちゃんと教えてくださいね」

「入れ違い……？　っ」

反芻する途中でその意図に気付き、櫂斗は返す言葉に窮した。

「葵とは、いいママ友になれたらいいな～、とも思っているので」

彼女が軽い調子でうそぶいた時。

「須藤所長、失礼いたします」

二度のノックの後、ドアが開いた。

午後の郵送物を届けに来た葵が、執務机越しに向かい合うふたりを見て、ドア口で足を止める。

「あ。すみません。和美さん、いらしてたんですね」

和美がここにいる理由はわかっているからか、早口で言って、せかせかとこちらに歩いてくる。

「午後の分です」

ゴムでまとめた郵送物の束を執務机に置いて一礼して、すぐに踵を返そうとする彼女に、

「葵。私の挨拶は、もう済んだから」

和美がそう言って、肩を叩いた。そして、場を譲るように、先に退室していく。

「っ、え?」

葵はその背を見送り、戸惑った顔をした。

「あの、所長……」

「葵」

遠慮がちに声をかけてくるのを、燿斗はさらりと遮った。

途端に、葵がギョッとしたように忙しなく瞬きをする。

所長になってからずっと、人目がなくても公私混同を控えて、〝三田村さん〟と呼んでいたのに、名前を口にしたせいだろう。

「今夜、予定していた接待がキャンセルになった。ちょうどいいから、ふたりで食事に行かないか？」

　燿斗は彼女の反応は気にせず、平静を装ってチェアに腰を下ろした。

「え？　食事……？」

　葵は、虚を衝かれた様子で、聞き返してくる。

「店、予約する。明日は週末だし、たまには外食もいいだろ」

　燿斗は、有無を言わせない口調で、執務机に置かれた郵送物を手に取る。

　たまにはなんて言っておきながら、葵をディナーデートに誘うのは、これが初めてだと自覚していた。

　彼女の困惑も、納得できる。

「どこか、希望はある？」

　でも、と言葉を挟まれる前に、強引に畳みかける。

　葵は、なにか逡巡するような顔つきだったけど、諦めたのか、小さな溜め息をついた。

「昨夜も今朝も、つい今まで、私のこと避けてたくせに……自分勝手ですね」

　やや皮肉げに言われて、燿斗もグッと詰まる。

もちろん、指摘されるまでもなく、彼自身重々承知している。

昨夜、糸が切れたようにタガが外れて、暴走しかけた。葵に『怖い』と言われて、やっと我に返った。

自分に都合よく約束を曲げて、また強引に触れようとしてしまった――。

意思とは関係なくせり上がってくる、彼女への欲望を抑え切れず、必死に冷静になろうとして、確かに指摘通り、今朝からずっと避けた形になってしまった。

「……自覚してる。昨夜のこと、改めて謝る。……怖がらせて、ごめん」

軽くチェアを軋ませて、立ち上がった。

しかし、微妙に目を逸らしたせいで、謝罪のわりに誠意を見せられなかった。

葵は、無言でいる。

「……葵？」

反応がないことに不安を覚え、櫂斗は横目で彼女を窺った。

執務机の向こうで、彼女はふいと顔を横に向けている。

「私は、櫂斗さんが怖かったんじゃなくて……」

「え？」

ボソボソと呟く声が耳に届き、短く聞き返す。

葵は、わずかに頬を赤く染めて、そっぽを向いたまま、肩を動かして息を吐いた。

そして。

「銀座にある、フレンチレストラン。sophia ってお店がいいです」

気を取り直したのか、胸を張って店の希望を言ってくれる。

耀斗もホッとしながら、

「sophia？　ああ……」

その名前から、店の外観や料理を思い出して、相槌を打った。

「耀斗さん、ご存じなんですか？」

自分で希望したわりに、葵が意表を衝かれた様子で目を丸くする。

「え？　ああ。所長に、何度か連れていってもらったことがある」

耀斗は、やや相好を崩した。

「初めて裁判に勝った時に連れていってもらって以来、相談に乗ってもらう時なんかも、たいていそこで……」

「そっか。お父さん、そんな前から、耀斗さんを目にかけてたんですね」

葵が目元を綻ばせて、柔らかい笑みを浮かべる。

そんな表情を久しぶりに見た気がして、耀斗の胸が小さく跳ねた。

「昔から、お祝い事があると、いつもそこに行ってたんです。なんでも、父が母にプロポーズした思い出のお店なんだとか」

葵が、はにかみながら教えてくれる。

「へえ……そういう店だったのか。……ちょうどいいな」

あの所長が、と面食らう気持ちもあるが、微笑ましさの方が優る。

「え？」

無意識の呟きに聞き返されて、櫂斗は「いや」とかぶりを振った。

「じゃあ、予約を入れる。六時に、一緒にここを出よう」

声を弾ませて、強引にディナーの約束を取りつけた。

執務机の上の電話から受話器を取り上げ、卓上の名刺ラックを回す。

「あ……」

葵はなにか言いたげに口を開いたけれど、彼が電話番号をプッシュするのを見て、

「……失礼いたします」

目を伏せ、ドア口に向かって歩いていった。

そんな彼女を目で追って……。

店に電話が繋がり、受話器から応答が聞こえてくる。

「もしもし。本日六時半に、ふたりで予約したいのですが……」

櫂斗は、くるりとチェアを回転させた。妻との初めてのディナーデートに、高揚しているのを隠すように、ドアに背を向けた。


今から遡ること三十年以上前、父が母にプロポーズしたフレンチレストラン、sophiaに、葵が父以外の人と来るのはこれが初めてだった。

一年ちょっともの間、櫂斗とは仮面夫婦だったけれど、自宅のダイニングで向かい合って食事をすることは、何度もあった。

だというのに。

(私、緊張してる……？)

葵は、緩やかに跳ねる、いつもと違う胸の鼓動に、気付いていた。

櫂斗は、このレストランで一室だけの、個室を予約してくれていた。

彼女をスマートにテーブルにエスコートして、ウェイターからお薦めなどを聞きながら、料理をオーダーする。

いくつかの種類から好きなメイン料理を選べる、プリフィクスコースだ。葵は白身魚のジェノバソース添え、櫂斗は仔羊のグリルをチョイスした。

美しく磨かれた銀のカトラリーを、優雅に動かす彼の長い指。洗練された美しいテーブルマナーに、葵は今さら見惚れてしまう。

淀みない流れるような仕草を、初めて見るわけでもないのに、こんなにも惹きつけられるのはなぜだろう——？

父とよく来た、馴染み深い店。最後に訪れたのは、父が入院する前だ。

かなり久しぶりだが、メニューはそれほど大きく変わっていない。

味も、相変わらず葵の舌を唸らせてくれる。

なのに、向かい合う相手が櫂斗だというだけで、すべてが新鮮に思える。

そんな自分が不可解で、それでいてくすぐったい。

葵は、なんとなく肩を縮めて、食事を進めた。

料理を堪能しながら交わす会話は、他愛ないことばかりだった。

そうやって、昨夜の出来事に触れないよう、お互い慎重になっていたのかもしれない。

お腹も心も満たされて、葵が、デザートの木苺のアイスクリームにスプーンを入れた時。

「葵。渡したいものがあるんだ」

　耀斗がどこか改まって、隣の椅子に置いた黒いカバンを開ける。

　そこから取り出した細長い四角い包みを、テーブル越しに葵の前に滑らせた。

「？　なんでしょう？　あ、クリスマス……」

　葵はスプーンを置いたものの、手に取らずに、彼と包みに、交互に視線を向ける。

「いや。結婚一周年の記念に贈ろうと思って、用意していた」

　耀斗は、淡々と説明した。

「所長が亡くなって、その後もバタバタして……。少し特別なディナーに連れ出して贈ることばかり考えて、渡しそびれていた」

　そう付け加えて、デザートのスプーンを手に持った。

「でも……」

　葵は目線を横に流し、迷いながら呟いた。

　今、このタイミングで渡しても、彼女がためらうことは、耀斗も想定していたのだろう。それほど気にする様子はなく、目を伏せてクスッと笑った。

「〝恋人〟を喜ばせて、株を上げようなんて考えたんじゃない。本当に、記念日に渡したかったんだ」

　諭すように言われて、葵は彼に視線を返す。

「君から離婚しようと言われる前から、用意していたものだ。受け取ってくれないか」

包みを押して促され、こくりと喉を鳴らした。

もう一度、彼と包みを交互に見遣って――。

「……ありがとう、ございます」

たどたどしく言葉を切って、お礼を告げた。

思い切って、包みに両手を添える。窺うように、彼を上目遣いで見つめて、

「開けてみても、いいですか」

先ほどから続く優しく弾む鼓動が、さらに高鳴るのを感じながら、短く訊ねた。

「もちろん、どうぞ」

了承を得て、葵は丁寧に包装紙を開いた。

中から現れたのは、シックな白いボックスだ。

形からして、ネックレスかなにかだと、予想できていたが……。

「わあ、素敵……」

天井からの照明を受け、上品な艶と輝きを湛える大粒の真珠に、感嘆の声をあげる。

数粒の上質な真珠をチェーンで繋いだ、シンプルでありながら洒落たデザインのネックレスだった。

まるで壊れ物を扱うみたいに、両手の指で慎重に摘み上げる。

目の高さに掲げて、ネックレスに見入る彼女に、櫂斗はホッとしたように相好を崩した。

「葵をイメージして、オーダーしたんだ。気に入ってくれた？」

「は、はい、とても。でも、オーダーメイド……ですか？」

葵は驚いてネックレスから目を上げ、彼をまじまじと見つめる。

「ああ」

櫂斗はさらりと返して、アイスを口に運んだ。

ほんの数口で食べ終えて皿を退けると、そこにコーヒーカップを引き寄せる。

「せっかくの記念に既製品じゃ、特別感がないから」

当然といった涼しい口ぶりで、口元にカップを持っていく。

彼の男らしい薄い唇が、カップの縁に触れるのを、葵は正面から見つめる。

胸が、とくんと淡い音を立てた。

慌てて手のネックレスに目を落とし、柔らかく跳ねる鼓動を鎮めようとする。

結婚一周年記念日。櫂斗がこのネックレスを用意してくれていた時、皮肉にも葵は、
手元に離婚届を準備していた。それなのに――。

「櫂斗さん、ありがとうございます。でも私、なにも用意していなくて」

ジーンとして、鼻の奥の方をツンとさせながら、申し訳ない思いでいっぱいになる。

「君の方は、それで当然だ。……こういうのは、夫が妻に贈る形で続ければいい」

櫂斗は、唇を引き結んだ。

真摯な言葉の裏に、来年も、再来年も、その先までずっと、ふたりの未来を見据えている彼の想いが溢れている。葵の心にまで、熱くじんわりと広がっていく。

「………」

葵は、胸をきゅんとときめかせた。

ディナーの最初から、やむことのなかった緊張感。

その意味に、やっと思い至った。

この一年ちょっとの間、ふたりの心は、常に別々の方向を向いていた。

二カ月後に離婚か、それとも結婚継続か――。

今、夫婦の今後のベクトルを、初めてふたりで定めようとしている。

心を寄り添わせようとしているのだから、この胸の反応も、間違ってはいないのだ。

葵は、グスッと鼻を鳴らした。

今は、〝恋人〟からのプレゼントを素直に喜んで、ドキドキしてもいい――。

「つけてみても、いいですか？」

ちょっと声を弾ませると、否応なく気持ちも高揚した。

「ああ。俺がつけてあげるよ」

耀斗は目を細めて笑って、椅子からスッと立ち上がった。

テーブルを回り込んで彼女の背後に立つと、その手からネックレスを受け取る。

「お、お願いします」

男の人に、ネックレスをつけてもらったことは、一度もない。

（身じろぎせず、ジッとしてればいいよね？）

心の中で誰にともなく問いかけ、やや身体を強張らせた。

長い髪が邪魔にならないように、片手で左に寄せて、うなじを覗かせる。

後ろでチェーンを外していた耀斗が、小さく息をのむ気配を感じた。

「？　耀斗さん？」

葵が肩越しに振り返ると、

「いや」

耀斗は我に返ったように、ぎこちなく答える。

「ジッとしてて」

そう言って、彼女の首にネックレスを回した。首の真後ろで、チェーンを繋ぐ。

「ありがとうございます。せっかくのネックレスだけど、この服じゃもったいないですね」

葵は喉元に下がるネックレスを軽く指先で押さえ、大きく振り返って、彼にはにかんでみせる。

すっきりと首周りに沿うデザインだから、今のようなブラウスではなく、少し襟ぐりが広い服の方が映えるだろう。

「でも、よく似合ってる」

櫂斗は目尻を下げてそう言うと、自分の席に戻った。

再びコーヒーカップを口元に運ぶ彼を見つめて、葵は胸に手を当てた。

（〝恋人〟からのプレゼント。嬉しくて心が躍るのも、当たり前……）

しかしそれとはまた違った反応が、身体の奥深いところで起きていることも、無視はできない。

昨夜、中途半端な形で触れられて、燻ったまま残っていた甘い疼き。

それが今、再燃し始めるのを、葵ははっきりと自覚していた。

ふたりで定めるベクトル

レストランを出ると、ふたりとも口数少なくゆっくり歩き、途中でタクシーを拾った。

「赤坂まで」

葵を先に後部座席に促し、後から乗り込んだ櫂斗が、軽く身を乗り出して運転手に行き先を告げる。

タクシーが走り出し、広い三車線の道路に、スムーズに合流する。

葵は、運転席側の窓から、夜の銀座の街を眺めた。

長く連なる車の赤いテールランプ。普段から賑やかな大通りは、週末を迎える金曜日の夜のせいか、いつも以上に人通りが多い。

隣の櫂斗を横目で窺うと、窓枠に肘をのせて頬杖をつき、葵と同じように、助手席側の窓から外に目を向けていた。

レストランにいる時から、柔らかな鼓動が収まらない。

そして今、それだけではない。

葵は、無意識に喉元のネックレスを手で押さえた。

これをつけてもらった時から、身体の奥底でジンジンする感覚が強まり、鎮まってくれない。

乗り込んだきり、ふたりして別々の方向を向いて黙りこくっている客に、運転手もなにも話しかけてはこない。

葵は自分の中で湧き上がる欲求と、隣に座る櫂斗との間にある距離に焦れていた。

赤坂のタワーマンションに到着しても、ふたりは車内の無言を引きずったまま、二十五階のフロアに降り立った。

伏し目がちに、玄関の鍵を施錠する葵に背を向け、櫂斗はまっすぐリビングに入っていく。

「疲れたろ？　先、風呂入れ」

後を追ってきた葵が、ドア口に立つのを待っていたように、スーツの上着をソファに放り投げて声をかける。

「明日は休日だ。ゆっくり休んで」

こちらを見ずに、ネクタイを緩める背中に、葵は無意識にゴクッと唾を飲んだ。

沸々と湧いてくる欲求は、収まるところを知らない。

満たされることなく、溢れ返るばかりのそれを、まっすぐぶつけていいものか、判断できない。

しかし――。

「櫂斗、さん」

心が赴くまま、床を蹴って駆け寄った。

無防備な背中に、ほとんど体当たり気味に抱きつく。

「っ、葵？」

腕の中で、櫂斗が一瞬息をのんだ気配を感じた。

戸惑いが混じる声を聞いて、葵は大きく息を吸った。

「それで……今夜も別々ですか？」

思い切って問いかけると、彼の身体がビクッと震える。

その反応に後押しされ、葵は腕を解いて、櫂斗の正面に回り込んだ。

戸惑った様子で瞬きをする彼を、顎を反らして見上げる。

「昨夜怖いって言ったのは……櫂斗さんに触れられることじゃないんです」

「え？」

「耀斗さん、ズルいです。あんな意地悪されて、ベッドに来るな、なんて放置されて、私がどんな思いだったと……」

最後は、ボソボソとくぐもってしまった。

（私……すごく恥ずかしいこと、言おうとしてる……）

だけど、口に出した以上、もう抑えることもできない。

「なのに、人の気も知らないで、こんな嬉しいプレゼントで、心をくすぐるなんて」

言い訳混じりになじり、俯いた。

「もう、身体も心も落ち着かない。今夜は、ひとりにしないでください。俺のベッドに来いって、言ってください。もう、切なくて変になりそう……」

自分でもふしだらなことを言っている自覚があるから、この沈黙が居たたまれない。

（お願い、なにか言って……）

「……今夜は、キスだけでやめられない」

耀斗の静かな呟きに、ハッとして顔を上げた。

「昨夜から、俺もまったく余裕がない。葵から言ってくれたことを言い訳に、この間より強引に抱くかもしれない。君が本当に怖がって泣いても、欲望のままに苦しめるかもしれない」

葵は、こくりと喉を鳴らす。

直情的に釘を刺されたからこそ、その言葉とは裏腹に、彼が理性を保とうとしていることが察せられた。

「……いい、です」

自分の心に確認する前に、葵は口を動かしていた。

「結婚一周年の記念、すごく嬉しかったです。私はなにも用意できなかったから。だから……」

「このネックレスのお礼に、自分を？　わりと大胆なことを言い出す」

耀斗が、ふっと口角を上げた。

喉元のネックレスを指に引っかけて揺らされ、葵はカッと頬を紅潮させる。

「そ、そんなつもりじゃ……！」

「葵」

耀斗は優しく細めた瞳の奥に、初めての時と同じ、獰猛な色を滲ませ――。

「俺には、君以外に欲しいものなんかない。最高のプレゼントだ」

抱き寄せられて、葵はその力に抗わず、彼の胸に頬をうずめた。

自分の乱れ打つ鼓動が、彼に直接伝わってしまいそうで、身体は無意識に強張る。

しかし櫂斗は、彼女の真っ赤に染まった耳に唇を寄せて――。

「それなら、今夜は朝まで離さない。……葵」

〝誘った〟側の葵を、激しく煽情する囁きを落とす。

余裕がないなんて、嘘だ。

少なくとも、葵からは、落ち着き払っているようにしか見えない。

「っ……」

葵の心臓が、ドクッと沸くような音を立てた。


昨夜はベッドを別々にしたが、この三週間近く、一緒に眠っていた。

櫂斗が真摯な想いを告げて開始した溺愛に、自分も逃げずに向き合わなければ。

葵はそんな決意を胸に秘め、彼の貪るようなキスに応えてきた。

しかし、強く激しく求められるうちに、自分の中にも熱情が込み上がる。

理性が本能に負けてしまったら、あの夜のように、なにもわからなくなって乱れ狂ってしまいそうで、それがたまらなく怖かった。

今まで知らなかった欲情が刺激され、どうにかなってしまいそうで恐ろしかった。

それでも櫂斗に応えたい一心で、限界ギリギリまでジレンマと闘う。

だから、『お休みなさい』のひと言で背を向けるのは、耐え切れなくなる寸前のこと。

すぐにベッドの端に寄って、ひとり、身体の熱を鎮めるのに必死だった。

もちろん、背中で燿斗がどんな切ない想いをしているか、気遣う余裕もなかった。

――でも、今夜は、なにも怖がらない。

「葵……」

葵をベッドに組み敷き、燿斗が熱っぽい声で名を呼ぶ。

スコールのように浴びせられるキス。

互いの舌が、いつもより隠微に絡み合っていく。

いやらしい水音が直接体内から鼓膜を犯し、恥ずかしくてたまらないのに、葵の身体は熱情に戦慄く。

彼がわずかに唇を離した隙に、酸素を求めて大きく胸を喘がせた。

膝立ちになって、もどかしげにネクタイを緩める燿斗は、迸(ほとばし)るような情欲を隠さず、艶めいた瞳で彼女を射貫く。

「葵、愛してる」

シュッと音を立てて、ネクタイを首から引き抜く。シャツのボタンを上からひとつずつ外すのも、もどかしそうだ。焦燥感に駆られているのが伝わってくる。

それが、自分を欲してのものだとわかるから、葵の肌はビリビリと粟立った。

「櫂斗、さ」

乱れた呼吸で胸を上下させながら、喉に声を詰まらせる。

目の下を情欲でうっすらとけぶらせた櫂斗が、再び目線を合わせてくれる。

「どうしよう、ゾクゾクする。おかしくなっちゃう……」

譫言(うわごと)みたいに口にする葵を、彼がクスッと笑った。

「それでいい。君も、俺と同じように、夢中になってくれなきゃ困る」

まるで挑むように言って退け、彼女の服に手をかける。胸元を乱し、背中のブラジャーのホックに手を滑らせると、葵の身体がビクンと跳ねた。

「……なに？」

「恥ずかしい……待って」

頬を染めて恥じらい、やや抵抗を見せて身を縮める彼女に、櫂斗はふっと微笑む。

「恥ずかしがっていられるなら、君の方が余裕ありそうだ」

「え？」

「……俺は、そんなこと考える余裕もない」

葵が聞き返す間に、なんとも器用にホックを外す。

「あっ」

一瞬にして胸の締めつけが和らぎ、葵はドキッと胸を弾ませた。

この後、自分の身に起こることを想像して身構え、無駄に息を止める。

「葵、力抜いて」

櫂斗は宥めるように囁きながら、葵の脇腹を指でつっとなぞった。

焦らしているのか、もったいぶったように動く指の軌跡に、否応なく背がしなる。

（余裕がないなんて、絶対嘘。櫂斗さん、なんか意地悪……）

心の中でなじったのを見透かされたのか、櫂斗が間髪を入れずに、浮き上がったブラジャーの中に、一気に手を滑らせてくる。

「あんっ……！」

思わず声をあげる彼女を横目に、すくい上げるようにして、その柔らかい胸を強い力で撫で回し始める。

「あ、んっ……櫂斗さんっ」

たまらず、鼻を抜けるような喘ぎ声を漏らし、身を捩る葵に、

「いい声。もっと鳴いて」

どこか嗜虐的な目をして、軽く舌舐めずりをする。

あっという間にブラジャーを剥ぎ取り、ふんわりと隆起する胸に顔をうずめた。

「やあっ……、かい、燿斗さんっ……」

昨夜の比じゃないほど、固くツンと尖った胸の先を、彼が舐める。嬲る。甘噛みする。

少しずつ異なる刺激のどれにも、身体を痙攣させる葵だったが――。

「！　ひゃんっ‼」

今までで一番強い痺れにビクッとして、腰が跳ねてしまった。

裏返った甲高い声を聞いて、燿斗は満足げにほくそ笑む。

「葵自身は清楚なのに、身体はエロい」

「っ、え……？」

「ここ」

意地悪にいたぶるように、小さく震える彼女のそれを、指先でピンと弾く。

「あんっ！」

「唇で甘噛みなんて、生温い。歯で強めに齧ってやった方が、かわいいそそる声をあげる」

「っ！」

葵は羞恥のあまり、燃え上がりそうなほど熱く、全身を火照らせた。

涙目になって恥じらう彼女に、櫂斗はゾクリと身を震わせる。

「たまらなく、愛おしいよ。……葵」

軽く身を起こしてシャツを勢いよく脱ぎ捨てると、躊躇なく体重を預けた。

「あ、んっ……あ……」

なにも纏っていない互いの肌が、隙間なく重なる。

彼と触れ合っているところすべてが、ジリジリと焼けるように熱いのに、すぐに溶け入ってしまう不思議な感覚。

別々だった体温が、固く抱き合った途端、どちらのものかわからなくなった。

初めて、彼に抱かれた夜――。

踏みにじられた心が凍りついたまま、なすすべもなく強引に奪われた身体。

猛烈な嵐に襲われた気分で、パニックになっていた間に、彼のものにされた。

あの時と、していることは同じなのに、驚くほど心地いい。

昨夜から燻り続けた疼きが、甘い刺激に満たされて潤い、葵は拓(ひら)かれていく。

「あ、気持ちい……。櫂斗さ、もっと……」

断続的に走る快感に悦ぶ身体が、淫らに彼を求める。

そして無意識の要求は、櫂斗を煽り、一気に昂らせ——。

「葵っ……」

狂おしく掠れた声で呼びながら、自身の荒ぶる猛りで、強引に彼女を貫いた。

「ああっ……！」

一気に最奥を突かれた葵が、ピクピクと身を痙攣させる。

「っ、くうっ……」

櫂斗は片目を瞑って、ゾクゾクと駆け上る痺れに耐えた。

「葵……っ」

快感を制御できず蠢く葵を鎮めようと、彼女の中に自身を深く沈めたまま、肌を密着させてギュッと抱きしめる。

「あ、あ、櫂斗……」

葵は、無我夢中で彼の背に腕を回し、強く縋った。

どこもかしこも、ビクビクと小刻みに振戦している。

「ああっ……くそっ」

櫂斗も呼吸を乱し、切羽詰まった声を漏らす。

そして、まるで開き直ったかのように、いきなり腰を動かし始めた。

弱い部分を狙い澄まし、容赦なくグリッと抉られ、

「っ、やあ、んっ‼」

葵はたまらず、白い喉を仰け反らせて喘いだ。

乱れ狂う自分を怖がり、恥ずかしがっている余裕は、もうどこにもない。

最後は、全身あらゆるところから、絶え間なく襲いかかる快感に抗いようもなく――。

「う、あっ……かい、櫂斗……」

譫言みたいに、何度も何度も彼を呼んだ。

それ以外の言葉を知らない子供のように、彼の名を口走り、縋って求め続けた。

先輩の和美が産休に入って一週間。もうすぐ年の瀬。例年、年末は繁忙期だ。

その上、彼女が抜けた分の業務負荷は、葵の肩にかかっていた。

「ふうっ……」

朝から一心に仕事をして、ふと気付くと昼休憩の時間。

普段より忙しい分、疲れが溜まっているのか、なんとなく重い身体を動かし、椅子

の背に仰け反って大きく伸びをする。

あまり空腹を感じないけど、ちょうどキリがいいタイミングだ。このまま休憩に入ろうと決めて、おもむろに立ち上がった。

「お先に、休憩いただきます」

まだ残っている数人の先輩に声をかけ、葵はバッグを手に事務室を出た。

外食するほど、食欲はない。どこか、手近なカフェで野菜のサンドウィッチ程度の軽い物を食べようか……と考えながら廊下を歩いていると。

「……あ」

向かう先に聖子の姿を見留めて、無意識に足を止めた。

先週、櫂斗にこっぴどく振られてから、彼女はずっと仕事を休んでいた。

葵も、いつ復帰するかと、心のどこかで気にしていた。

目を伏せてはいるが、意外にも姿勢のいい彼女を見てホッとした。

そのせいもあってか。

「彦田さん」

仕事の用件以外で、おそらく初めて、自ら呼びかけた。

聖子は葵に気付いていなかった様子で、ぎくりと顔を上げる。

「あ、あの。お疲れ様です。体調、大丈夫ですか……？」

体調不良の理由を知っている身としては、白々しいとわかっていても、他に無難な言葉が見つからなかった。

葵は少し離れた場所で足を止め、緊張しながら彼女の応答を待つ。

聖子もその場に立ち止まっていたが、

「ええ。おかげさまで」

短く答えて、再び足を踏み出す。

葵は、こちらに近付いてくる彼女との間隔を目で測るうちに俯き、自分の足元を見つめていた。

狭い視界に、聖子のハイヒールの尖った爪先が映り込む。そのまま、通り過ぎていくものと思っていたが――。

「三田村さん」

彼女は、すれ違いざまに隣に立って、呼びかけてきた。

葵は条件反射でギクッとして、彼女を振り仰ぐ。

「私が憧れてるのは、弁護士の須藤先生よ。法廷に立たない先生にも、あなたを妻にしてあっさり所長に成り下がった先生にも、魅力は感じない」

思いがけず不遜に言い捨てられて、思わず目を瞬かせた。

「……は」

「早く〝須藤弁護士〟に戻ってほしくて、踏み込んだりしたけど。もう興味もないから、そんな勝ち誇った顔して、憐れむような目で見ないでくれる」

刺々しく続けられ、一瞬怯む。

「か、勝ち誇ったなんて、どうして……」

我に返って口を挟むと、彼女は腕組みをして見下ろしてきた。

「愛されてるって、誇らしそうな顔して、押しつけがましい心配しないでって言うの」

「っ、え？」

強気な返事に、葵はギョッとして目を瞠った。

「今は……〝愛されてる〟んでしょ？　須藤先生に」

即座に理解しない彼女を蔑むように、聖子がムッと顔を歪める。

「結婚してすぐの頃も、その後もずっと……私が見る限り、夫婦らしい絆、あなたたちからはこれぽっちも感じなかった」

「……っ」

「みんなは、今になって考えると、前所長の容態のこともあって、夫婦らしい生活を控えていたのかも、って言うけど。……私は、ふたりが愛し合ってないせいだって、わかってた」

どこまでも的を射た指摘に、葵も口ごもる。

言葉を返せずにいると、聖子がふっと吐息混じりに笑った。

「だから、誰になんて言われようと、須藤先生にアプローチを続けた。ふたりが幸せな夫婦じゃないなら、いくらでも取り入る隙はあるって、信じてたから」

「……彦田さん」

胸を張る彼女を、葵はそっと見上げた。

「私……」

なにを言おうとしたか、自分でも曖昧なまま口を開くが、

「でも、今は違う」

短く遮られて、ゴクッと唾を飲む。

「三田村さんは本当に須藤先生の妻で、そこにはちゃんと先生の気持ちがある。そうわかっちゃったから……もう私の出る幕はないってことよ」

聖子が、やや皮肉げに顔を歪め、ボソッと呟く。

「須藤先生も三田村さんも、目障りな私が自主退職することを望んでいただろうけど、

辞めたりしないから」

　自分を奮い立たせるように、いっそ清々しく言って退ける。

「そんなこと、私も所長も望んでません」

　きっと彼女は、そんな声かけを必要としていない。慰められたと受け取って、屈辱に感じたかもしれない。しかし、そう返さずにはいられなかった。

　意表を衝いたのか、聖子がグッと言葉に詰まる。

「これからも、この事務所を……所長を支えてください」

　葵は彼女に向き合い、静かに言い切った。そして、深々と頭を下げる。

「……当たり前よ。仕事だもの」

　聖子は葵から目を逸らし、そっぽを向いた。

　葵がゆっくり背を起こした時、彼女はすでに先に歩いていた。

　その背中が、廊下の角を折れるまで見送って――。

「っ……」

　なにか込み上げるものを感じて、最後にもう一度腰を折って頭を下げた。

　ゆっくり顔を上げて、無意識に喉元へ手を遣る。

　今日は、ジャケットの下に、ラウンドネックのカットソーを合わせている。

　櫂斗からもらった、真珠のネックレス。指先で触れるだけで、彼の想いが感じられる。

　それは、自分だけの自惚れた感覚だろうと思っていたけど、もしかしたら、聖子にも伝わったのかもしれない。

「愛されてるって、誇らしそうな顔……」

　そんな顔をしていたのか、と自分が恥ずかしくなって、無意識に頬に手を当てる。

　そうして、父と櫂斗が交わした約束のことを思い出した。

　もし、父が生きている間に今の自分を見たら、櫂斗が約束を破ったと見抜いただろうか。彼をなじり、怒っただろうか――。

　葵は唇を結んで、胸元をギュッと握りしめた。

　身から滲み出るほどの幸せを、隠すのは難しい。だからこそ、櫂斗は葵に触れないことを徹底していた。

　そうやって、彼は最期まで父を安心させてくれていたのだ。

　それを今、苦しいくらい痛感する。

「櫂斗さん……」

　彼への強い感謝の思いが、胸にせり上がってくる。

だけど――。

(今の私を見れば、大事に守られるだけが幸せじゃないって、お父さんも気付いてくれたはず。もっともっと安心して、天国に旅立てた。……きっと)

胸を打つ、優しく穏やかな鼓動。

葵は、亡き父に、そして櫂斗に思いを馳せた。

今年は所長の喪に服し、静かな年越しだった。

年末年始の休暇は、葵と共に、実家に新年の挨拶に行くだけで、ゆっくり過ごした。

仕事始めを迎えると、あっという間にいつもの繁忙にのまれていく。

気付くと、葵と恋人として向き合うようになって、早二カ月が過ぎていた。

相変わらず、櫂斗は彼女に〝試される〟日々を過ごしている、が。

平穏だ。とにかく、平和……。

依頼人との面談を終えて所長室に戻り、櫂斗はドスッとチェアに腰を下ろした。

依頼人である被告側に、原告側からの訴状についてインタビューし、それをメモした書類を、執務机に軽く放る。

シートに体重を預け、グッと背を仰け反らせた。

「んーっ……」

両腕を天井に突き上げ、思いっきり身体を伸ばしてから、背を起こす。

インタビュー資料を手元に引き寄せるが、脳裏をよぎるのは、今朝、なにか緊張した様子だった葵の顔だ。

『櫂斗さん。今日、何時頃帰ってこられますか?』

以前ほど、仕事に追われて社畜状態……ということはなくなっていたが、それでも毎日午後九時より早く帰ることはほぼない。

同じ事務所で働く彼女は、彼の仕事量をよく知っているから、帰宅時間についてはなにも言われたことがない。

もちろん、何時に帰るかなど、これまで一年ちょっと、質問されたこともなかった。

(今夜は、東京弁護士会の新年会があるが……)

前から決まっていた予定だが、出席すれば帰りは日付が変わる頃になる。

葵は、『ならいいんです』とぎこちなく笑った。

しかし、それもまた最近の彼女らしくなく、櫂斗は顎を撫でて逡巡した。

去年からずっと、葵が胸に宿していた、離婚の決意。

それを彼に突きつけたことは、彼女にとって、確かに〝解放〟だったのだろう。

清楚で控えめで、いつも夫の一歩後を歩くような貞淑な妻だった葵が、あれ以来様々な感情をぶつけてくるようになった。

今までは聞いたことがない、彼をなじる言葉や文句、時々、ちょっと皮肉られたりもする。

以前と違い、感情を露わにする彼女と、口論になったり喧嘩をしたり——。

「……ふっ」

一番最近のくだらない言い合いを思い出して、つい目を細めてしまう。

櫂斗は、この二カ月の間で、初めて本当の彼女を見知った気分でいた。

もちろん、喧嘩したいわけじゃない。今まで知らなかった素を見せる彼女に戸惑いもあるが、どうしてだか、それ以上に嬉しい。

櫂斗と喧嘩をするようになった日常を、彼女がどう思っているかはわからない。

自分にとっては好ましい日常でも、気をつける必要はある。

彼女の〝審判〟が下るまで、あと一カ月ほど。

(付き合いの新年会よりも、葵が大事だ)

櫂斗は軽く身を起こして、執務机から受話器を持ち上げた。名刺ラックを回して、幹事である弁護士の事務所に電話を入れる。

「いつもお世話になっております。三田村総合法律事務所の、須藤と申しますが……」

弁護士会の集まりを、無事にキャンセルした。

耀斗は、まだ複数の弁護士やパラリーガルが残っている事務所を出て、午後七時過ぎに帰宅した。

葵は、今朝は、なにか話したいことがあるような素振りだったわりに、

「耀斗さん!? なんでこんなに早いんですか?」

玄関先に出てきて、やや素っ頓狂な声をあげた。口調と表情が、その驚きを物語っている。走ってきたのも、本当に耀斗が帰ってきたのか確認するためだろう。

「なんでって……。今朝、君、俺の帰宅時間を気にしていたじゃないか」

耀斗もきょとんとして、ほとんど条件反射で両手を出す彼女に、カバンを預ける。

「なにか用があるんじゃないかって。急いで帰ってきたんだけど」

葵が、「あ」という形に口を開いた。

「でも、弁護士会の新年会だって言ってたから」

「業務には直接関係のない集まりだからね。キャンセルしてきた」

彼女にはそれだけ言って、耀斗は廊下を先に立って歩き出す。

「で、どんな話？」

軽い調子でさらりと問いかけたものの、葵は彼のカバンを胸に抱きしめたまま、その場で立ち尽くしている。

「？　葵？」

訝しい思いに駆られて、廊下の中ほどで足を止め、彼女を振り返った。

「あの……今日は無理だと思って、心の準備、後回しにしちゃったので……」

「は？」

返事の意味がわからず、思わず眉根を寄せた。

「……なに？　そんな準備が必要なこと？」

質問を重ねながらも、なにかよほどの用件と察して、身構える。

葵が、思い切ったようにグッと顔を上げて、目の前まで進んできた。

真正面から向き合うと、目線を合わせて唇を結ぶ。

「葵……？」

柄にもなく怯んで、探るように呼びかけた。

「せっかく帰ってきてくれたんだから、話します」

「え……」

どうやら、身構えて正解だったようだ。

急ピッチで心の準備を進めようというのか、葵は大きく胸を開いて、何度か深呼吸をする。

意を決したといった様子に、彼の警戒心が煽られる。

(いったい、なんの話だ?)

一度は離婚通告という、どん底を見た身だ。だからこそ、ゆっくり、ゆっくり。耀斗は、彼女との関係の修復に努めていたつもりだった。

そして今、願った通り、確実に歩み寄れていると自負している。それを、一カ月後、彼女が下す審判への自信に変えていた。

だというのに——。

(まさか、あと一カ月を待たずに、ここで三行半を突きつけられる、とか?)

自分の思考に、ゾクリとする。

「ちょっ、待て、あお……」

どうしてと思うより早く、とっさに制止しようと口を挟んだが、あと一歩遅かった。

「耀斗さん、卑怯です‼」

「っ……」

聞いたことがないくらい、張りのある凛とした声でなじられ、櫂斗は絶句した。

しかし、なぜそんな罵声を浴びせられるのか、まったく見当がつかない。

いや、胸を張ってそう言い切れる聖人君子ではないにしても、今、彼女から罵られる理由に、なにも心当たりはない……はずだ。

とはいえ、言い放った葵は、目の下を赤く染めて、頬を膨らませている。

勢いに任せて叫んだのだろう。肩で息をする彼女に、

「……卑怯？」

いつもより低いトーンの声で、探りを入れた。

自分で繰り返してみても、卑怯と罵られることをした記憶に、行き当たらない。

だけど葵は、大きく首を縦に振って応える。

「ちょっと、こっちに来てください！」

彼の腕をわしっと掴むと、リビングまでグイグイと引っ張っていく。

「え？　葵……」

「座って、待っててください」

足をもつれさせる櫂斗を、ほとんど押さえつけるようにしてソファに座らせ、自分は自室に戻っていった。

「な、なんなんだ……」

耀斗は狐に抓まれた気分で、彼女の部屋のドアを眺める。

葵がなにかを手に、再びリビングに戻ってきた。

反射的に怯む彼の横で足を止め、

「これっ！　見てください」

ソファの前のローテーブルに、手にしていたものを、勢いよく押しつける。

「……え？」

彼女の剣幕にのまれながら、耀斗はそれに目を凝らした。

そして。

「……!?」

ギョッと目を瞠って、身を乗り出す。

「え。葵、これは……！」

掠めるように手に取る彼に、

「産婦人科で、診察を受けてきました」

葵が真っ赤な顔をして、素っ気なく答える。

「妊娠証明書……って」

櫂斗は呆然として、手にした書類を読み上げた。そして、傍らの彼女を仰ぎ、すぐにハッと我に返って、立ち上がる。

「妊娠七週目……二カ月、だそうです」

顎を引いて見下ろすと、彼女はお腹に両手を添えて、唇を尖らせてそっぽを向いた。

「え？　に、二カ月って……」

櫂斗は、無意識に額に手を当てた。

（葵から離婚を切り出された、あの時？　いや、でも……）

「最後の生理が来た日を、ゼロ日として数えるんです」

いったいいつだ？と混乱する、彼の思考を見透かしたのか、葵が説明を挟んだ。

それを聞いても、即座に答えを出せない櫂斗に、

「きっと、結婚一周年記念に、プレゼントをもらったあの時……」

やや不服そうに、ボソッと正解を与える。

「え。あの時？」

櫂斗は彼女の言葉を反芻して、口元に手を遣った。

「まだお試し期間なのに。こんなの、困ります」

葵が、拗ねた口調でなじる。

（なるほど、だから〝卑怯〟か……）

あの時は、葵が初めて自分を〝求めてくれた〟のが嬉しくて、すぐに夢中になってしまった。

その何度目かで、気遣いを怠った可能性は十分考えられるし、非難に返す言葉もない。

「あー……ごめん」

櫂斗は、歯切れ悪く謝罪をした。

さすがに気まずくて、まっすぐ彼女の顔を見ることができない。

目線を横に逃がして、ガシガシと頭をかく。

「これじゃ、葵が正当にジャッジできなくなる……よな」

〝恋人〟としてのお試し期間、それは、離婚に至るまでの猶予期間だと、自分で告げた。

もし、葵が結婚継続を望まないとしたら、彼女の意思を無理矢理捩じ曲げてしまったようなもの。

「ごめん。葵、ごめん！」

謝罪を繰り返し、勢いよく頭を下げると。

「あれ……？　わざと……じゃなかったんですか？」

先ほどまでとは一転、拍子抜けしたような呟きが降ってくる。

「え？」

聞き返しながら顔を上げると、葵がパチパチと瞬きをしている。

「わざとって、どういう……？」

「えっと、だから。私に赤ちゃんができたら、離婚できないだろうって、わざと、その……」

最後はもごもごと言い淀むが、彼女がなにを言わんとしたか、ピンとくる。

「え。俺、わざと妊娠させて、離婚を阻止しようとする男だと思われてた？」

櫂斗はさすがにショックで、大きな手で顔を覆い、がっくりとうなだれた。

「そりゃ、個人的にはそのくらいしてでも、君を離したくないし、どこかで避妊を忘れてこうなったのは確かだけど。いくらなんでも、わざとなんてことは……」

深い息を吐くと、彼女が慌てた様子で「あ！　あ！」と声をあげた。

「ごめんなさい！　そ、そうですよね。和美さんのところも、赤ちゃんができたのは想定外って言ってたし！」

あたふたし出すのを見て、櫂斗はそっと顔から手を離す。

「それに、避妊……男性任せじゃいけないって言いますもんね。なのに私、すぐ気持ちよくなっちゃって、頭回らなかったし……」

葵はきまり悪そうに口走って、意味もなく両手の指を交差させる仕草を見せる。

「……気持ちよく?」

櫂斗がわざわざといった感じでそこを拾うと、さらに頬をカッと火照らせた。

「と、とにかく! そういうことなので」

強引に話題を切り上げ、声を張る。

「あの……櫂斗さん。恋人としてお試しするのは、今日で終わり。一カ月早いけど、答えを出しました」

緊張したような、やや強張った顔を、まっすぐ彼に向けた。

櫂斗の男らしい喉仏が、ごくんと上下する。

「離婚はしません。撤回します。その……赤ちゃんができたから、言ってるわけじゃないですよ?」

葵は、きっぱりと言い切ったものの、彼がどう捉えるか気遣ってか、窺うように付け加える。

「葵……」

「櫂斗さん。ずっと前から、私、あなたに憧れてました。それで……今は、心の底から愛してます」

少し恥ずかしそうに言って、はにかんで微笑む。

「っ……」

櫂斗の心臓が、ドクッと沸くような音を立てた。

なにかが一気にせり上がってきて、胸が詰まる。

「卑怯だなんて言って、ごめんなさい。私、櫂斗さんの赤ちゃん、産みたいです」

彼がなにも言えずにいると、葵がお腹に両手を添えて、撫でるような手つきを見せる。

そして、そっと目線を上げて……。

「私と一緒に、赤ちゃんのパパとママになってください。この先ずっと、一生」

「……ああ、もちろん」

櫂斗は一度鼻をズッと鳴らしてから、喉に引っかかる声で短く答えた。

「葵。ありがとう。愛してる。愛してるよ」

鼻の奥の方がツンとする。

ジワッと目に滲んだ涙に気付かれたくなくて、彼女から顔を背けた。

しかし、一足遅かったようで。

「耀斗さん」

葵がまっすぐ手を伸ばしてきて、目尻の雫を指先で拭う。

耀斗はその手をサッと掴み取り、華奢な身体を抱きしめた。

「ひゃっ……」

腕の中からあがる、悲鳴は気にしない。

「葵。今日からは、ちゃんと夫婦になろう。俺は一生君だけを愛する。大切にして、必ず幸せにするから」

彼女の柔らかい髪に顔をうずめて、まるで懇願するように告げる。

「耀斗さん……」

「元気に、俺の子を産んでほしい」

「……ふふっ」

少しの間の後、葵が小さな笑い声を漏らした。

耀斗の頭に手を添えて、サラサラの髪を優しく撫でる。

「はい。頑張ります。耀斗さん」

すでに母親として強い自覚を持っているのか、芯のある声で約束してくれる。

彼女は両手で櫂斗の頬を包み、パアッと花が咲いたように華やかに笑った。

「遅ればせながら……家族になりましょう」

――まるで、聖母のような、穏やかで力強い微笑み。

「っ……」

しっかりと目に焼きつけたいのに、せっかくの美しい笑顔が、涙で滲む。

この一瞬から先は、恋人ではなく夫婦として、愛し合う。

そして、秋には、新しい命が誕生する。

ふたりは父と母になり、子供を含めて家族になる。

いやがうえにも、ふたりの関係性は変わっていくだろう。

しかし――。

(それでも俺は、ずっとずっと、葵を愛するただの男として……)

「……君への溺愛は、継続しよう」

「え……?」

独り言ちたのを、葵が聞き拾っていた。

「いや」

櫂斗はふっと目を伏せ、わずかにかぶりを振る。

葵が与えてくれる幸福感と愛情に満たされ、伝えるべき言葉はただひとつ。

「ありがとう、葵」

それだけを口にすると、櫂斗は顎を傾け、彼女に顔を寄せた。

抵抗なく、しっとりと重なる唇。

すぐに絡み合い、熱を帯びて深まるキスに、ふたりで溺れていった。

特別書き下ろし番外編

妊娠中のささやかな不満

妊娠が発覚して、本当に夫婦として進んでいく決意をしてからというもの——。

耀斗の庇護欲は、葵の想像を絶するほど、凄まじく強まった。

(私の身体とお腹の赤ちゃんを心配してくれるのは、もちろんわかる。……でも)

普段通り仕事に行くのも、ちょっと顔色が悪いだけで止められる。制止を振り切って事務所に行っても、無理をしないよう、所長である彼が常に目を光らせている。

つわりが弱まった隙を狙って家事に精を出し、掃除をすると、

『ゆっくり安静にしていろ。家事なら、業者に頼むから』

片付いているのに気付き、喜ぶより先に咎められてしまう。

形だけでいい、結婚式がしたいという葵の希望は、辛うじて聞き遂げてくれたが、安定期になるのを待って挙げた式では、過保護全開。

式場の庭園が見事だったから、式が始まるまでの間、ちょっと散歩にと白無垢姿で歩き出すと、『滑って転びでもしたら大変だ』と抱き上げられてしまい、〝散歩〟にならなかった。

夫婦生活においても――。

『子供に影響があっては困る』

それは葵も同意だけど、妊娠を告げたあの時以降、夫婦なら当たり前の軽いスキンシップはもちろん、キスもしていない。

毎晩ベッドを共にしているのに、辛うじて背中に彼の体温を感じる程度の距離を空けて、眠る日々。

葵は、焦れていた。


六月下旬の土曜日。

梅雨に入り、ぐずついた天気が続く中、葵は育休中の先輩、和美の家を訪ねた。

「櫂斗さんが、過保護すぎるんです！」

リビングに通され、ソファに並んで座って開口一番で愚痴ると、苦笑された。

「葵、溺愛されてるもんねえ……」

「えっ⁉」

さらりと言われて、葵は慌てふためいた。

「か、和美さん。なにを言ってるんですか！」

動揺のあまり、振る舞われた冷たいレモネードを吹き出しそうになって、ゴホゴホと噎せる。

和美が、「大丈夫?」と差し出してくれたティッシュボックスから一枚抜き取り、口元を押さえた。

何度か咳き込み、深呼吸をして、改めて背筋を伸ばす。

「そういうんじゃなくて。櫂斗さんは過剰なほど心配性で……」

気を取り直して反論すると、和美はテーブルから自分のグラスを取って、クスクス笑った。

「私はむしろ、予想通りで安心したけどな」

「え?」

彼女の返事を受け、無意識に身を乗り出す。

「私が須藤所長の本心を聞けたのは、産休に入る前に挨拶に行った時だけど。あの時私、所長ってクールな見た目に反して、ものすごく愛情深い人だな、って思った」

「は……」

「大事な葵が自分の子を妊娠したとなったら、即刻仕事も辞めさせて、ほぼ監禁状態になりそう……ってほどの、想いを感じたし」

「⁉」

「今も仕事を続けるのを認めてるだけでも、須藤所長にしては温い。かなり譲歩してると思うけどなあ……」

和美が言う、燿斗の愛情の深さは、葵自身、身をもって実感している。

思わずボッと頬を赤く染めてしまい、慌てて虚勢を張って胸を反らす。

「でも。今日、出産祝いを兼ねて遊びに来るのも、渋られたんですよ。雨続きで足元が悪いからやめろって」

今日は燿斗も休日だけど、調べ物があるからと、書斎で仕事をしている。

外出を伝えた時、そう言われたことを思い出し、葵はムッと口をへの字に曲げた。

現在妊娠八カ月で、だいぶお腹も大きくなってきた。確かに、お腹が邪魔で足元が見えにくいこともあるから、普段からゆっくり歩くよう、心掛けている。

それを理由に、『気をつけますから』と訴えたが、燿斗は難しい表情を崩さない。しまいには、『俺も時間を取れる時に車を出すから、それまで延期しろ』なんて言い出した。

『和美さんのご予定もあるじゃないですか』

これまでの積み重ねで、フラストレーションは溜まりに溜まっている。

葵は、彼の横暴な言い様にムキになって反発して、なんとも険悪な空気が漂った。

「私の方は、別にいつだってよかったのよ。旦那がいる時でも、葵さえ気にしなければ……」

「いえ。旦那様がご在宅の時は、せっかく家族三人水入らずの時間ですから、お邪魔じゃないですか」

「……あんた、そういうところは頑固よねえ」

意固地になって頬を膨らませる葵に、和美も困ったように溜め息をついた。

「まったく。イケメン旦那に溺愛されて、毎日ウキウキワクワク、ラブラブの結婚生活かと思いきや……」

彼女の言葉に、葵もグッと詰まる。

「う、ウキウキワクワクではあるんですよ？」

取ってつけたように言葉を挟み、

（でも、ラブラブでは……）

またしても不満が煽られるのを自覚して、一度落ち着こうと、意識して深呼吸をした。

「……ごめんなさい。久しぶりなのに、私、文句ばっかりで」

殊勝になって謝ると、和美はふっと目を細めた。

「ううん、全然。葵は妊婦なんだし、ナーバスになるのも当然。それに、喧嘩するようになるなんて、夫婦としても一歩前進じゃない」

優しくて頼れる先輩のフォローに、葵もホッと胸を撫で下ろす。

と、その時、リビングの隅に置かれたベビーベッドから、子供がぐずる声がした。

「あら。起きたみたい」

和美がゆっくり立ち上がり、そちらに歩いていった。

ソファに戻ってきた彼女は、生後四カ月になる赤ん坊を抱えている。

「よかったー。私がお邪魔してる間に、風香（ふうか）ちゃん、起きてくれて」

葵は、隣に腰を下ろした和美の腕の中を覗き込み、無意識に破顔した。

栗田家第一子の女の子、風香は、ＬＩＮＥで画像を送ってもらっただけで、実際に会うのは今日が初めてだった。

しかしタイミング悪く、葵が来る少し前にミルクを飲んで眠ってしまったと言われ、ちょっとがっかりしていた。

和美も、「ん」と短く相槌を打って、葵によく見えるようにと、軽く身を寄せてくれる。

母親によく似た、丸い黒目が愛くるしい。

初めて会う葵を不思議そうに見上げ、「あぶ」と小さな声を漏らした。

「わ、わっ！　か、かわいいっ……！」

感激のあまり、声が上擦る。

なぜかジーンとして、葵は声を詰まらせた。

「抱っこしてみる？」

和美が、軽く座り直しながら勧めてくれる。

「え？　いいんですか？」

「もちろん。葵も直にママになるんだし、風香で練習しときなさい」

「そんな、風香ちゃんで練習なんて……じゃ、心して！」

葵は気を引き締めて、おっかなびっくり和美から風香を受け取った。

「怖がらなくて大丈夫だから、自信持って。葵が不安がってると、風香にも伝わるわよ」

「は、はいっ」

すぐさま指摘を受けて、やや気負いを弱める。

和美の言う通り、最初はきょとんとしていた風香が、目を糸のように細くして笑った。

「きゃー、かわいいっ！　連れて帰りたいっ」

すっかり風香の虜になった葵は、我を忘れてはしゃいだ。

さすがに和美も苦笑して、「こらこら」と言葉を挟む。

「葵も、もうすぐでしょ。性別、どっちかわかったの？」

「あ、はい」

葵は返事をしながら、彼女に風香を返した。

「事務の皆さんの予想通りで、男の子なんです」

「おおー。じゃ、須藤所長に似たら、間違いなくイケメンになるわね。葵に似ても、物腰柔らかい、いい男になりそう」

「え、私に似てほしくないです。男の子だし、櫂斗さんみたいに強い子に」

条件反射で返したものの、自分でもどこか惚気のように聞こえて、葵は頬を染めて言葉を切った。

やはりそう受け取られたのか、和美がニヤニヤしている。

「はいはい。ご馳走様ー」

「い、いいえ、あの……」

「照れないの。愛されまくって幸せなのを、隠すことないでしょ」

からかうように言われ、葵は居たたまれなくなって肩を縮めた。

それで、話が巡り巡って、もとに戻ったのに気付く。

「でもやっぱり、燿斗さんは過保護すぎます」

ボソッと言って、唇を尖らせる。

聞き拾った和美が、困ったように眉をハの字に下げた。


その夜――。

燿斗は頭からかぶっていたシャワーを止め、犬のようにブルッと頭を振ってから、面を伏せ、「ふう」と声に出して息を吐いた。

脱衣所に出て、タオルでわしゃわしゃと髪を拭いながら、

(葵。……機嫌直ってないな……)

今日、彼女の外出間際の口論を思い出し、やや憂鬱な気分になる。

つわりが続いていた時期は、葵も燿斗の制止に従っていたが、それが収まると、

『体力をつけないといけないんです』と、活発に動くようになった。

体調が落ち着いて、解放感もあるのだろう。それはわかるが、つわりに苦しむ彼女

を見ていることしかできず、歯がゆかったからこそ、どうしても気が気じゃない。

妊娠八カ月の今、大きくお腹がせり出ていて、華奢な彼女がよたよた歩くのは、見ているだけで危なっかしい。

確かに、心配過剰なのは自覚している。

しかし——。

「……はあ」

肩を落として深い息を吐き、寝間着を身につけると、浴室から出た。

リビングの電気はすでに落ちている。

寝室のドアの隙間から、細い明かりが漏れ出ていた。

壁時計の針は、午後十一時を指している。

寝るにはまだ早いが、今日はずっとデスクワークをしていて、肩が凝って疲れていた。

櫂斗は、まっすぐ寝室に向かう。

ドアを開けると、葵はベッドの上で足を伸ばして座り、その上に育児雑誌を開いていた。

戸口に立つ彼に目を遣り、「あ」という形に口を開ける。

「櫂斗さん。あの……」

雑誌を閉じ、声をかけてくるけれど。

「葵、まだ起きてたのか。早く休め。いつも言ってるだろ」

櫂斗も、休日で家にいる自分を置いて、止めるのを聞かずに外出した彼女に、少なからず納得がいかない思いでいた。

間髪を入れずに小言で返してしまい、葵がムッと頬を膨らませる。

「君がしっかり眠らないと、お腹の中の翼も落ち着かないだろう」

櫂斗は彼女の不機嫌に構わず、大きなお腹にちらりと視線を向ける。

性別がわかる前から、生まれてくる子に〝翼〟と名付けることを、ふたりで決めていた。

葵と同じ漢字一文字で、櫂斗と同じ空を羽ばたくイメージの名前。候補に挙げたのは、葵の方だった。

「翼はいい子だから、ちゃんと眠ってますよ。静かですもん」

やや卑屈に唇を尖らせる葵と、バチッと目が合う。

「まだご機嫌斜めか。栗田さんの家で、お子さんに会ってきたんだろ」

櫂斗は、溜め息混じりに言葉を挟む。

「会いました。抱っこもさせてもらいました。もう、ほんと、すっごくかわいかったです。風香ちゃん」

弾みそうな字面とは裏腹に、声色は皮肉げで刺々しい。

「ああ、そ」

反抗的な彼女に、櫂斗の心も逆撫でされた。

これ以上今日のことを言い合っていても、状況が悪くなるだけだ。

とにかく眠って時間を置こう。

櫂斗は、ベッドに入って横になった。

「お休み」

素っ気なくそれだけ言って、彼女に背を向ける。

「あ。待って」

葵が、声をかけてきた。

そういえば、最初呼びかけてきたのも、なにか用があったからだろう。

櫂斗は無言で仰向けになり、目線だけ流して聞く姿勢を見せた。

「あの……明日は、お父さんの月命日で……」

葵はつい今までの態度を一転させて、遠慮がちに切り出したものの、最後まで言え

りだった。
週末も仕事が入ることが多い櫂斗は、彼女が妊娠四ヵ月の時、一度一緒に行ったき
所長が亡くなってから、葵は月命日に近い土日に、墓参りを欠かさなかった。
彼女がなにを言いたいかは、わかっている。
ずに声を消え入らせる。

『所長、今まで来れずに、すみません。それから、申し訳ありません』

黒曜石(こくようせき)の墓石はなんとも言い難い威厳があり、生前の約束を反故(ほご)にして葵を妊娠させた自分を、断罪しているようにも思えた。

頭を下げて、天国の義父に謝罪する彼の隣で、葵はしゃがみ込んでいた。

『お父さん。お父さんがなにを心配していたか、櫂斗さんから聞いてます。でも、大丈夫。私は絶対大丈夫だから、赤ちゃんが元気に生まれるように、応援してね』

まるで、彼をフォローするように語りかける。

あの時、なぜだかゾクッとした。

それは、偉大な弁護士だった上司との約束を破ったことへの、自責の念か。

それとも、〝父親〟になる未来を前に、義父の心に共鳴したせいか——。

改めて振り返ると、葵に窮屈な思いをさせるほど、過保護が強まったのはあの時か

らだ。

「週末に連日でごめんなさい。でも、来月は行けるかわからないし、翼が生まれてからも多分しばらくは……だから、明日はちゃんと行っておきたくて」

葵は恐縮しきって、早口になった。

耀斗は黙ったまま、わずかに眉間に皺を寄せた。

わかりきっている。止めても無駄だ。止めれば、より一層険悪なムードになる……。

「……それもそうだな。じゃあ、明日は俺も一緒に行く」

そう返事をすると、彼女は虚を衝かれたように、「え?」と目を丸くした。

「でも耀斗さんは、明日も仕事じゃ……」

「君の言う通り、明日を逃せば、しばらく行けないかもしれない。こっちが優先だ」

そう言いながら、それに、と心の中で続ける。

(今は、もっと違う気持ちで謝罪できるかもしれない)

葵は、まだなにか思うところがあるようなぎこちない表情で、彼をジッと見ていたけれど。

「……はい。ありがとうございます。それじゃ、一緒に」

なんとも言えぬ、複雑な笑みを浮かべる。

「ああ。それじゃ、お休み」

耀斗はそう応じて、再び彼女に背を向けた。

「お休みなさい」

葵は寝室の電気を消して、ゴソゴソと衣擦れの音を立てながら、横になった。


翌、日曜日。

耀斗が運転する車で、都心から少し離れた墓苑にやってきた。

途中で購入した色とりどりの花は、葵が持った。

耀斗は、墓苑の管理事務所で借りた木桶に水を入れて、柄杓(ひしゃく)と一緒に右手に提げる。

奥まった、畳三畳ほどの広さがある墓に、所長と義母が眠っている。

「お父さん、お母さん、こんにちは」

葵はそう挨拶をして、墓の掃除を始めた。耀斗も無言で手伝う。

普段から管理が行き届いているため、それほど時間はかからずに掃除を終えた。

墓石を水で清めた後、葵が持ってきた花を生けた。

どんよりとした曇り空の下でも、よく磨かれた黒曜石は、神々しく輝いて見える。

墓苑のあちらこちらに、季節の花が植えられた花壇がある。湿気を帯びて、ムッと立ち込める草いきれが、鼻をくすぐる。

目を閉じ、墓石に両手を合わせて祈っていた葵が、

「暑いですね。喉が渇きました」

そう言いながら、ゆっくりと彼を振り仰いだ。

「ああ……飲み物、買ってこようか」

耀斗がそう応じると。

「いえ。私が行ってきます。耀斗さん、お茶でいいですよね？」

葵は軽く服の埃(ほこり)を払って、墓苑の出入口に向かっていった。

「あ。おい……」

無意識に呼び止めようとして、慎重にゆっくり歩を進める背中を見て、きゅっと唇を結ぶ。

足場が不安定な墓苑を出るまで、しっかりと見届けて——。

「……所長」

耀斗は墓石に目を落とし、やや硬い声で呼びかけた。

「俺……今さらですが、所長が葵にあんなに過保護だったのも、結婚に際しての条件

も、理解できました。……いや、身をもって、痛感しています」

湿っぽい風が柔らかくそよぎ、頬を撫でる。葵が生けた、瑞々しいりんどうの花が揺れる。

「自分の命に代えられるほど愛おしい存在だからこそ、なにをするにも心配でたまらない。でも、俺はいきすぎなんでしょうか。葵を怒らせてしまう」

やや自嘲気味に、口角を歪めた。

櫂斗は、所長のそれを、妻を失ったトラウマによる妄念と判断した。

しかし今、所長の思いに共鳴する自分に直面したら、そんな言葉でやり過ごそうとしたことを、強く後悔し、恥じる。

(所長は、葵が生まれてすぐ、最愛の妻を亡くしている)

葵ですら、母のことを詳しく知らない。もちろん櫂斗は、断片的な情報から、想像するしかできないが――。

生まれつき虚弱体質だったなら、おそらく、妊娠出産も医師から止められただろう。

それでも葵を産む決意をした妻を、所長はどんな思いで見守っていたのか。

妻の死に面して、どれほどの悲しみと喪失感を味わったのか……。

今、櫂斗は、自分自身が味わったことのない喪失感に心を寄り添わせて、恐怖に竦む。

（葵も、幼い頃は身体が弱かった。所長が、妻の血を引く娘の身体を案じて当然だ）

そして今、燿斗は、所長と同じように、どうしても葵をその母親と重ねてしまう。

大丈夫だ、大丈夫。何人もの医師に、問題ないと言われているじゃないか。

何度自分に言い聞かせても、〝もしも〟という思考が頭から離れず、常に彼にまとわりつく。

「俺も、所長と同じです。もしも、万が一――葵を失うようなことになったら、なんて考えると、なにをするにもさせるにも、怖くてたまらない」

絞り出した声は、微かに震えた。

弱音を吐く自分が情けなくて、目を伏せ、かぶりを振った。

怖がってる場合ではない。

葵は、妊娠八カ月。もう、それほど時間は経たずに、出産に臨むことになる。

どうか、どうか――。

「葵を、見守っていてくださ……」

最後まで言い切る前に、横からすごい勢いでなにかがぶつかってきた。

無防備でいた彼は一瞬よろけそうになって、なんとか足に力を込めて踏ん張り……。

「っ、葵っ⁉　君、なにを走って……」

いきなり右腕に抱きついてきた葵に、ギョッとして目を瞠る。

足元に、彼女が買ってきた飲料のペットボトルがふたつ、ゴロンと転がっている。

「ご、ごめんなさい……」

「え？」

肩を縮めて謝罪する彼女に虚を衝かれ、とっさに聞き返した。

「背中にそっと抱きつきたかったんですけど、お腹が邪魔で腕が届きそうになくて……。体当たりしてしまいました……」

葵は、よくわからない言い訳をしながら、胸元で彼の腕をぎゅうっと抱きしめる。

「ごめんなさい……」

「葵？　なにを謝る？」

櫂斗は、困惑して訊ねた。

葵はさらに身を縮こめて、腕に力を込める。

「心配性で、過保護すぎ、なんて怒ったりして……」

ズッと洟を啜って、声を尻すぼみにする。

「いや、それは、こっちこそ……」

どうやら、所長に語りかけていたのを、聞かれてしまったようだ。

情けなく弱音を吐いていた自分を見られて、櫂斗はきまり悪くなって頭をかいた。

しかし。

「いいえ」

葵は強く首を振って否定してから、そっと腕を解いた。

そして、改まった様子で、墓石に向き直ると。

「櫂斗さんは、お父さんと同じ気持ちだって言って謝ったけど、私は会ったことのないお母さんの気持ちが、今、すごくよくわかるんです」

目を細めて、穏やかに語りかけた。

「私を産んでくれた時の、お母さんの気持ち。こんなに愛してくれたお父さんの子供……私を産んで、すごく幸せだったはずです」

櫂斗は、ハッと息をのんだ。

気配は感じているだろうが、葵は墓石から目を逸らさない。

「今までは、『櫂斗さんは、お父さんとの約束を破ったかもしれないけど、私は幸せだから許してあげて』ってお願いしてたけど、今日は……」

一度言葉を切って、彼を見上げる。

「私が、愛してる人と幸せな家庭を築くのを、見守っててくださいね」

はっきりと、淀みない口調で、そう言った。

「っ……葵っ……」

櫂斗は、弾かれたように、彼女の肩を強く抱き寄せた。

「葵……」

感極まって声を詰まらせる彼に、葵は大きく首を縦に振ってみせる。

「大丈夫。お父さんも、きっともうわかってくれてます。だって、今の私が、幸せに見えないわけないから」

しっかりと、噛みしめるように口にして……。

「櫂斗さん、愛してます。絶対、元気に、赤ちゃんを産みますから、任せてください」

強く逞しく美しい、聖母のような笑みを浮かべる彼女が、ただただ愛おしい。

溢れ返るほどの想いで、胸が詰まる。

なにか、気の利いたひと言を告げたいのに、優秀な弁護士である櫂斗にも、今、相応しい言葉が見つからない。

「……ああ」

こくりと喉を鳴らしてから、短い返事をするのが精いっぱいだった。

マンションに帰ってくると、もうすでに夕刻だった。

葵は早速、夕食の支度に取りかかった。

櫂斗は一度寝室に戻り、ラフな部屋着に着替えて出てきた。そのままリビングを突っ切って、キッチンに入ってくる。

「なに、作るんだ？」

彼女の手元を覗き込み、そう問いかけた。

「暑いから、さっぱりしたものを。豚しゃぶのサラダうどんとか、どうですか？」

「ああ。いいね」

「決まり」

葵は、彼にニコッと笑って返した。

調理台に背を向け、冷蔵庫から野菜を取り出し……。

ふと、手を止めた。

「？　葵？」

彼女の行動に気付いた櫂斗が、訝しげに見遣る。

葵は冷蔵庫の方を向いたまま、こくりと喉を鳴らし、

「あの……櫂斗さん」

思い切って、呼びかけた。

「ん？」

「我儘、言ってもいいですか？」

肩越しに振り返り、遠慮がちに問いかける。

「は？」

櫂斗は、意表を衝かれたような表情で、聞き返した。

葵はくるっと方向転換して、身体ごと彼に向き直った。

「櫂斗さんが過保護すぎるっていうのが、私の一番の不満ではなくて」

「……うん？」

意を決して告げると、彼がやや警戒心を滲ませて相槌を打つ。

「翼に影響がないようにって、いろいろ控えるのは、もちろんなんですけど」

葵は勢いに任せて、早口で言い募った。

無言のまま、瞬きで返す彼に、ここでも焦らされる。

「心配しすぎです。キスくらいなら、いいんじゃ……？」

探るように訊ねた声は、尻すぼみになった。

だけど、彼の耳にもちゃんと届いたらしく、「え？」と戸惑ったような声が返ってくる。

「だ、だからっ」

葵は、カッと頬が火照るのを自覚して、再び彼に背を向けた。

「わ、私たち……夫婦になると同時に、パパとママになっちゃって。恋人終了から、夫婦の時間が全然なかったというか……」

なんと言えば、上手く伝わるのか。言葉を探して、言い淀むと。

「驚いた。葵……したかったの？」

背後で、櫂斗が呆気に取られたような口調で、直球の質問を挟んだ。

「ち が……」

葵は、ボッと火が噴く勢いで顔を赤く染めて、弾かれたように回れ右をした。

「違う、そうじゃなくて。だから……」

しどろもどろになって弁解を入れるが、彼はしげしげと顎を撫でている。

「そうかそうか。そりゃあ、申し訳なかった」

ひとり、納得した様子に、葵は恥ずかしさのあまり涙目になって、あわあわしてしまった。

そんな彼女に、櫂斗はふっと目を細める。

「わかってるよ。したかったのは、キスだろ？」

悪戯っぽい笑みを向けられ、葵は思わず強く頷いた。

しかし。

「……ん？　ち、違います！　したかったんじゃなくて、そのくらいなら大丈夫じゃ？ってだけで……！」

「俺の方も、相当我慢してたよ。でも、あんまり刺激与えると、お腹の子供にも影響があると思ってて」

彼女の反論をさらりと無視して、櫂斗はなにか企むようにうそぶく。

「っ、え？」

葵の胸が、ドキッと騒いだ。

「……葵。すぐ気持ちよくなっちゃうって、言っただろ？」

もったいぶるように彼が続けた言葉に、何度も瞬きを返す。

そして、彼がなにを言わんとしているか察して、

「かっ、かい……櫂斗さん⁉」

素っ頓狂な声をあげる。

「感じさせちゃマズいだろうから、身体に触れるのはもちろん、キスもダメだろうと思って。そこも自粛したつもりだったんだけど……」

「な、なにを言って……！」

おもしろそうに含み笑いをする彼の前で、言葉を失い、絶句した。

だけど、櫂斗の方は、なんとも愉快げに肩を揺らしている。

「でも、それが一番の不満だって言われるなら……しようか？　キス」

からかいながら、バチッと魅惑的なウィンクで誘ってくる。

「！」

ゴクンと大きく息をのむ葵の前に、彼はゆっくりと歩み出た。冷蔵庫に片手をつき、そこに体重を預けるようにして、背を屈めてくる。

「あ……」

自分に降る彼の影が色濃くなるのを感じて、葵は無意識に声を漏らした。

「葵、顔上げて。目、閉じて」

意図的なのか、甘く囁くような低い声に、胸がドキドキと限界を知らずに高鳴り出す。

言われるがまま、素直に顔を上げると、綺麗なラインの顎を傾けて迫ってくる彼と目が合った。

葵は、導かれるように目を閉じて——。

次の瞬間、彼の少し乾いた唇が、彼女のそれにしっとりと重なった。

「ふ……う、ん」

何カ月ぶりかの、柔らかく食まれる感触に、背筋に弱い電流が走るような感覚が蘇ってくる。

葵は、否応なく身を震わせた。

「ん、かい……」

ゾクゾクと戦慄き、無意識に彼の腕に手をかける。

それに気付いた櫂斗が、ほんのわずかに唇を離した。

そして、目の下を朱色に染めて、トロンとしている葵に苦笑する。

「ダメだって言ってるのに。君は、まったく……」

「！　ご、ごめんなさいっ」

キスで気持ちよくなってしまったのをあっさり見透かされ、頭から蒸気が噴きそうなほど、顔を紅潮させた。

櫂斗は自分の口元に手を当て、目線を外して横に流していたけれど。

「……俺でトロンとしてる葵を見てると、俺の方もヤバいから、勘弁して」

ちょっと困ったようにボソッと言って、こつんと額をぶつけてきた。

「はい……」

葵は両手で唇を押さえ、彼を上目遣いに見つめて、こくこくと頷いてみせる。

こちらに視線を戻した櫂斗と、至近距離で視線を絡ませ、

「ふふっ」

気恥ずかしくなって、ほとんど同時に吹き出した。

ふたりの明るい笑い声が、キッチンに響く。

これからもずっと、優しい光と楽しい笑い声を絶やさないように。きっときっと、幸せな家族になってみせる。

葵は、そう強く心に銘じた。

新米夫婦の子育て事情

まだ残暑厳しい九月。

葵は、二十時間に及ぶ陣痛の末、第一子となる男児を出産した。

妊娠八カ月で所長の墓参りに行った時の、『任せてください』という宣言通り、母子ともに健康だ。

櫂斗は、彼女の出産前から仕事をセーブしていた。出産当日もすぐ駆けつけることができたし、入院中も毎日面会に行った。

しかし、所長業務も法廷弁論の準備も、かなり溜まっている。いつまでも業量を抑えているわけにはいかない。

とはいえ、初めての育児。産後間もない葵の身体も心配だ。櫂斗は、通常の業務体制に戻るにあたって、退院後二カ月ほど、彼女と子供を実家で預かってもらうことにした。

元来人当たりがよく、優しく穏やかな性格の葵は、彼の両親にもかわいがられていた。

母を知らない上、父親も失っている葵は、ふたりと過ごすことができて嬉しいのだろう。週末、櫂斗が訪ねると、子育てにてんてこまいの様子ではあるが、彼の両親の手を借りて、楽しそうに奮闘している。両親と一緒に翼を囲む様は、まるで本当の親子のようだった。

十月半ばを過ぎ、櫂斗の四回目の訪問に合わせて、生後一カ月のお宮参りに行くことになった。

櫂斗と葵、翼の親子三人。そして、彼の両親ふたり揃って、皆和服を身に纏い、実家からほど近い神社に足を運んだ。

子供を連れて、初めての〝お出かけ〟だ。葵が母と一緒に用意した荷物はわりと多く、櫂斗は荷物持ちの役目についた。

神主から長寿と健康の御祈祷を受け、神社内を軽く散策に出ると、翼を抱いた葵の両隣は、彼の両親が陣取った。

櫂斗の代わりに、母が彼女の足元を気遣ってくれている。

……なんとなく、割って入ることも憚られた。

ちょっと休憩に、と立ち寄った茶屋の軒先で、櫂斗はベンチに腰を下ろし、「ふう」と声に出して息を吐いた。

着慣れない和服というのもあって、主に精神的な疲労を感じる。

秋らしく、少し高くなった空を見上げると、太陽が眩しい。

反射的に目を細めた時。

「耀斗さん、お疲れ様です。お抹茶とおはぎ、いただいてきました」

葵が小さな盆を持って、茶屋から出てきた。

「ありがとう」

即座に立ち上がり、盆を受け取る。葵は、「よいしょ」と言ってベンチに腰かけた。

「翼は？」

耀斗が、その隣に座って訊ねると、

「お義母さんたちが、見てくれてます。『耀斗が拗ねてるから、葵さんは行ってらっしゃい』って」

「……拗ねてるって」

彼女の返事に、無意識に頰を引きつらせた。

「『ずっと静かだし、空気に溶け込めなくて、疎外感を感じてるのよ、きっと』って」

「どこの子供だよ。俺は、別に……」

一瞬素でムキになって言い返して、耀斗は言葉を切った。

（まあ確かに、俺だけ〝家族〟に出遅れたようには感じてたが……）

鋭く見透かされたのがおもしろくなくて、なんとなくそっぽを向く。

葵は、ふふっと笑った。

「ごめんなさい。耀斗さんのご実家に、二カ月も。長いですよね……」

耀斗は抹茶の茶碗を手に取りながら、小さく肩を竦めて謝る彼女に目を遣る。

「気にするな。葵が家に帰ってきても、俺は思うように育児に参加できないだろうし。今、一番大変な時だ。俺の母がそばにいれば、葵も心強いだろ」

それが真実だ。そう言うしかない。

しかし、彼の顔に笑みは浮かばなかった。

「……ほんとに？」

葵が、横顔をジッと見つめてくる。

「家に私がいなくても、寂しくないですか？」

探るように問われて、グッと返事に窮す。

耀斗は、わずかに逡巡して……。

「今すぐ、ふたりとも家に連れ帰りたいよ」

正直に呟き、ハッと浅い息を吐いた。

「でも、うちに帰ってきたら、君の負担が……」

「よかった。そう言ってくれて」

半分、自分に『仕方ない』と言い聞かせていた途中で言葉を挟まれ、櫂斗はきょとんとして目を瞬かせた。

彼の反応は予想していたのだろう。葵は、目元を和らげてはにかむ。

「一カ月経ったし。このお宮参りを機に、家に帰ろうって、決めてたんです」

「え」

「櫂斗さんのご両親も、了承してくれました。『このままじゃ翼が、おじいちゃんをパパと覚えちゃいそうだから』って」

「なにっ。親父がパパだあ?」

思わず腰を浮かせた彼を、おもしろそうに笑う。

「だって、しょうがないです。翼、櫂斗さんよりも、お義父さんと過ごす時間の方が、断然長いので」

「ぐぐっ……」

返す言葉もない。

櫂斗は顔を手で覆って、ベンチにストンと腰を戻した。

葵は隣で、白い喉を仰け反らせて、空を見上げる。

「この一カ月、お義母さんから、〝ママ〟をたくさん教えてもらいました。お母さんに甘えるって、こういう感じなんだなって」

穏やかに、しみじみと語る彼女に、櫂斗はきゅっと唇を結んだ。

彼女と結婚して、離婚回避のために恋を始めて、夫婦を飛び越えて親になった。

普通の恋愛結婚の順番からは、大きくかけ離れていて、正直なところ、櫂斗にも戸惑いはあった。

しかし、自分以上に葵の不安の方が大きかったのだと、改めて気付く。

「……君は、母親を知らないんだよな」

それも失言の気がして、口に手を当てる。

葵も、彼がなにを言いたいか、見透かしているのだろう。

「だいぶ、自信つきました。私なら大丈夫です。櫂斗さんさえ迷惑じゃなければ、帰りたいです」

にっこりと微笑みを向けられ、彼の胸はとくんと淡い音を立てた。

一瞬言葉を忘れ、何度も頷いて応える。

「それじゃ、櫂斗さんがお仕事から帰ってきたら、翼とふたりでお出迎えしますね。……あ、でも、まだ夜泣きがすごいから、そこは覚悟しておいてください」

「葵……」

なにを言おうとしたかは、自分でもわからない。

ただ気が逸り、櫂斗の返事に安堵した様子の彼女の方に、身を乗り出した時。

「そういうことだから。櫂斗、これから先は、あなたが葵さんと翼ちゃんを守りなさい」

茶屋の暖簾(のれん)をくぐって、翼を抱いた母がひょいと顔を出した。その後から、父も続く。

「あ。はいっ……」

条件反射でスッと立ち上がった彼に、

「翼ちゃん、本当にかわいくて。もうずっとうちで見ていたいくらいだったから、ちょっと残念だけど。なにかあったら、いつでも預かってあげるから、遠慮なく言いなさい」

母が翼を愛おしげに見つめてから、差し出してくれる。

「……はい。ありがとうございます」

櫂斗はシャキッと背筋を伸ばし、我が子を受け取った。

これまでも、何度か抱いた。そのたびに、少しずつ重みが増していくように思っていたが、今はよりずっしりと感じられる。

「翼。今日から、ずっと一緒だ」

改めて、父としての自覚を強め、腕に力を込める。

その様を見守っていた母が、スマホを片手に前に出てきた。

「櫂斗、葵さん。親子三人で、写真撮ってあげるわ。ほら、寄って」

そう言いながら、スマホを構える。

「あ。ありがとうございます！」

葵が声を弾ませ、腰を浮かせた。そして、翼を抱く彼に、自然に距離を詰める。

櫂斗も、母の方に翼の顔が向くよう、抱き直し……。

「はい、チーズ！」

母の合図と同時に、真ん中の翼に、ふたりで顔を寄せた。

撮った後、母にスマホを見せてもらうと、翼がタイミングよく表情を和らげていて——。

親子三人で柔らかく微笑む、とてもいい写真になっていた。

葵と翼が家に帰ってきて、家族三人の新生活が始まった。

すでに、子育ての大変さに直面している彼女の提案で、寝室は結婚当初のように別々にした。葵は、それまで自室として使っていた部屋に翼のベビーベッドを置いて、耀斗は広い主寝室にひとり。

夜泣きについて、葵が『覚悟しておいてくださいね』と忠告するくらいだ。日中は仕事がある耀斗に配慮して、眠りを妨げないための部屋割りに決まっている。

耀斗も、気合を入れ直して臨んだものの――。

まだ生後二カ月の乳児と共にする生活は、彼の想像を絶するほど過酷だった。

メゾネットフロアにある寝室まで、翼の泣き声は聞こえてくる。耀斗はそのたびに起き出して、葵の部屋に急ぐ。

彼女も、自信がついたとは言っていたものの、なぜ泣くのかわからない時は、困り果てた顔であやしている。

むろん、耀斗は彼女以上に、察せられない。ふたりして途方に暮れ、眠れない夜も多かった。

仕事から帰ってきて、玄関先で、愛しい妻とかわいい息子に笑顔で出迎えられる……ことはかなり稀（まれ）だ。

ほとんど毎日、翼の泣き声が一番に耳に届く。
日中、ひとりで翼の世話をして疲れ切った葵が、リビングの床で添い寝しているこ
とも多い。
降って湧いた戦争に出陣して、右も左もわからないまま、めくらめっぽうに敵と
戦っている……そんな気分に陥りながらも、なんとか一カ月が過ぎ――。

やはり、両親は、人生の先輩だった。
十一月も下旬に差しかかり、朝夕、寒さが増し始めた頃、母から事務所に電話が
あった。
《きっとふたりとも、子育てで頭がいっぱいで、自分たちの大事な日のお祝いも忘れ
てるだろうと思って》
電話越しにそう言われて、情けないことに、とっくに結婚記念日が過ぎていたこと
を、初めて思い出した。
《翼ちゃんは預かってあげるから、あなたは、葵さんを労ってあげなさい》
その夜早速、櫂斗は葵に、遅くなってしまった結婚二周年祝いの提案をした。
子供だけ預かってもらうのは、葵ともどもお世話になっていた時とは、意味が違う。

彼女は躊躇したが、日頃の育児疲れは相当なものだろう。最後は自ら母に電話をして、『ありがとうございます』と、心の底からお礼を伝えていた。


その翌週の休日、ふたりは翼を櫂斗の実家に預け、ドライブデートに出かけた。夜は、ふたりにとって大事なレストラン、sophiaでフレンチを堪能し、その後、都内でも有数の高級ホテルの、スイートルームにチェックインした。

葵は、妊娠前からずっと、仕事を続けながら家事もこなしてくれていた。これまで息をつく暇もなかった彼女に、少しでも日常を忘れさせてやりたい。

そんな演出のつもりだったが……。

「なんか、緊張しますね……」

このホテルで最高ランクの、ゴージャスなスイートルーム。

広々としたリビングに足を踏み入れた葵は、落ち着かない様子で目を泳がせた。

オドオドと、挙動不審になる彼女をクスッと笑って、

「葵、こっちに」

櫂斗はその手を取って、奥の寝室に誘う。

「ここはカップル仕様だそうでね。寝室から直接バスルームに入れるよう、設計されてるんだって。ほら、見てごらん。ジャグジー風呂だ」

目の前にデンと置かれている、天蓋付きのキングサイズのベッド、そして、ドアの向こうの優雅なバスルームを覗き込んで、

「カップル仕様……。寝室から直接バスルーム……って、なんのために」

豪華なスイートルームに目を眩ませて呆然と呟く彼女に、耀斗は手で口を押さえて、吹き出しそうになるのをこらえる。

「？ 耀斗さん？」

「そりゃ、一緒に入るためだろ」

「一緒に。って……えっ⁉」

葵は、彼の言葉を機械的に繰り返し、大きく振り仰いでギョッと目を剥く。

「お互いの身体洗い合って、ふやけるほどポッカポカに温まった後、服を着る間もなくベッドにダイブ……効率がいいし、時間を有効活用できる」

彼女の反応をおもしろがりながら、耀斗は真顔で顎を撫でた。

「なっ、なっ……」

結婚前まで恋愛の〝れ〟の字も知らなかった葵には、相当衝撃のようだ。口をパク

パクさせて忙しなく瞬きしたかと思うと、最後はとうとう絶句した。

「……入ってみる？」

その機に乗じて、櫂斗は声を低くして誘いかける。

「は……。って、えっ⁉」

葵は一瞬頷きかけたが、すぐに我に返って、目が飛び出そうなほど大きく見開いた。

「母からも、葵を労えって言われてるんだ。疲れてるだろ？　俺が隅々まで洗って……」

「い、いえいえいえ！　大丈夫、全然疲れてません！」

首が千切れるのではと心配になるほど、勢いよく横に振る。

「……寂しいね。そんなに嫌がる？」

櫂斗が苦笑すると、葵は上目遣いの視線を向けてきた。

「嫌、というんじゃ……櫂斗さんは、なんで恥ずかしくないんですか？」

ボソッと、探るように問いかけてくる。

「そんな余裕がないからかな」

目線を天井に上げて軽くうそぶくと、「嘘ばっかり！」と、間髪を入れずにツッコまれる。

「本当だよ」

燿斗は眉をハの字に下げて、葵を後ろからふわりと抱きしめた。

腕の中で、反射的に固まる彼女の耳元に、唇を寄せる。

「葵。……本当に、疲れてない？」

葵が、こくこくと何度も頷いて応える。

「私よりも、燿斗さんの方が……」

「俺は、体力あるから平気。君の身体が、大丈夫なら……」

腕に力を込め、彼女の顔を横から覗き込む。

「……抱きたい」

意思を探って、耳に直接囁きかけた。

わずかな間の後、葵が彼の腕にそっと手をかけた。

顔を正面に向けたまま、一度こくりと頷く。

耳まで、真っ赤に染めて――。

「……はい」

声に出して、答える。

「っ……葵っ」

彼女の返事を合図に、耀斗は抑えに抑えてきた劣情を迸らせた。

身体を使って彼女を追い込み、ドサッと音を立ててベッドに横たわらせる。

「かい……」

自分の名を紡ぐ途中で、その唇を封じ込めた。

彼女に覆い被さり、何度も角度を変えてキスをする。

「ん、んっ……」

必死になってついてこようとする彼女を、グイグイと追い詰めていく。

「ふあっ……耀斗さ」

久しぶりに交わした深く繋がるようなキスに、葵が譫言みたいな声を漏らす。

いやがうえにも、欲情が煽られる。

「葵、愛してる……」

暴走しそうになる自分に、必死にブレーキをかけながら、耀斗は彼女の顎先に、喉元に、そして鎖骨に唇を這わせていった。

「あっ、あ……」

短く声を漏らす彼女の声にゾクッとしながら、余裕なく服を乱す。

「耀斗、さんっ……」

首に両腕を回し、しがみついてくる彼女の胸に顔をうずめ――。

「葵……」

優しく柔らかい温もりに、溺れていった。

END

あとがき

今作は、『遅ればせながら、溺愛開始といきましょう』というセリフありきの作品です。このセリフをヒーローに言わせる展開、こういうことを言いそうなヒーローのキャラ設定など、すべてここから作品が始まりました。このように、ひとつの〝ワード〟から物語を考えたのは、久しぶりです（私の真のデビュー作は、ヒーローの名前から、数珠繋ぎのように生まれたＳＦミステリーでした）。

本編は、このセリフをどのタイミングで櫂斗に言わせたら効果的か、盛り上げるために全体の流れ、起伏をどう持っていくか、いつになく念入りに構成しました。その結果、前半後半でガラッと印象が変わる作品に仕上がりました。後半の溺愛パートが生きるよう、前半はとことんすれ違いの展開になったので、サイト掲載時は脱落する読者さんが多いのでは？と心配でしたが、意外にもついてきてくださったようで。現時点で、私の最高ランキングポイントを獲得した作品です。

櫂斗は、私の書籍化作品の中では初？の、敬語ヒーローです。彼が敬語を崩す瞬間も、書きたいポイントでした。彼が溺愛する葵は、箱入り娘で純真。でも、とても忍耐強い、芯のある女性にしたつもりです。

今回、番外編の他にも書き足し要素が多いですが、一番気に入っているのは冒頭部分です。どうやって、ふたりがここに辿り着いたか、想像しながら読み進めてもらえると、面白いかなあと思います。

表紙イラストは、ベリーズ文庫では久しぶりに、浅島ヨシユキ先生にお願いしてもらえました……！

ラフを見た瞬間、感動のあまり泣きそうでした。優しく雰囲気のある結婚式。背景の雪化粧の日本仏閣が美しく、そして儚く。しんしんと切なくて、胸を打たれました。

櫂斗は、インテリでちょっと優男っぽさがほしかったのですが、それもぴったり！　それでも、ゾクッとするくらい綺麗で、震えました。葵も、ふんわりとかわいらしくて！　それでも、しっかり意思の強い女性らしく描いてもらえて……。絵葉書にしたいくらい。今までで一番お気に入りの表紙になりました。浅島先生、ありがとうございます！

最後に、今作の書籍化にご尽力いただいたすべての方に、御礼申し上げます。

お手に取ってくださった読者の皆様、ありがとうございました。

水守恵蓮（みずもりえれん）

水守恵蓮先生への
ファンレターのあて先

〒104-0031
東京都中央区京橋1-3-1
八重洲口大栄ビル7F
スターツ出版株式会社　書籍編集部　気付

水守恵蓮先生

本書へのご意見をお聞かせください

お買い上げいただき、ありがとうございます。
今後の編集の参考にさせていただきますので、
アンケートにお答えいただければ幸いです。

下記URLまたはQRコードから
アンケートページへお入りください。
https://www.berrys-cafe.jp/static/etc/bb

敏腕弁護士との政略結婚事情
～遅ればせながら、溺愛開始といきましょう～

2021年2月10日　初版第1刷発行

著　者　水守恵蓮
©Eren Mizumori 2021
発行人　菊地修一
デザイン　hive & co.,ltd.
校　正　株式会社 鷗来堂
編集協力　妹尾香雪
編　集　井上舞
発行所　スターツ出版株式会社
〒104-0031
東京都中央区京橋1-3-1　八重洲口大栄ビル7F
TEL　出版マーケティンググループ　03-6202-0386
(ご注文等に関するお問い合わせ)
URL　https://starts-pub.jp/
印刷所　大日本印刷株式会社

Printed in Japan

乱丁・落丁などの不良品はお取替えいたします。
上記出版マーケティンググループまでお問い合わせください。
定価はカバーに記載されています。

ISBN 978-4-8137-1042-4　C0193

ベリーズ文庫 2021年2月発売

『敏腕弁護士との政略結婚事情～遅ればせながら、溺愛開始といきましょう～』　水守恵蓮・著

父が代表を務める法律事務所で働く葵は、憧れの敏腕弁護士・櫂斗に突然娶られる。しかし新婚なのに夫婦の触れ合いはなく、仮面夫婦状態。愛のない政略結婚と悟った葵は離婚を決意するが、まさかの溺愛攻勢が始まり…!?　欲望を解き放った旦那様から与えられる甘すぎる快楽に、否応なく飲み込まれて…。

ISBN 978-4-8137-1042-4／定価：本体670円＋税

『一夜の艶事からお見合い夫婦営みます～極上社長の強引な求婚宣言～』　紅カオル・著

地味OLの実花子は、ある日断り切れず大手IT社長の拓海とお見合いをすることに。当日しぶしぶ約束の場に向かうと、拓海からいきなり求婚宣言されてしまい…!?　酔った勢いで結婚を承諾してしまった実花子。しかもあらぬことか身体まで重ねてしまい…。淫らな関係＆求婚宣言から始まる溺甘新婚ラブ！

ISBN 978-4-8137-1043-1／定価：本体670円＋税

『独占欲強めな外科医は契約結婚を所望する』　宝月なごみ・著

恋愛下手な愛花は、ひょんなことから天才脳外科医の純也と契約結婚をすることに。割り切った関係のはずだったが、純也はまるで本当の妻のように愛花を大切にし、隙をみては甘いキスを仕掛けてくる。後輩男性に愛花が言い寄られるのを見た純也は、「いつか必ず本気にして見せる」と独占欲を爆発させ…!?

ISBN 978-4-8137-1044-8／定価：本体650円＋税

『昭和懐妊娶られ婚【元号旦那様シリーズ昭和編】』　滝井みらん・著

没落した家を支えるためタイピストとして働く伯爵家の次女・凛。ある日男に襲われそうになったところを、同僚の鷹政に助けられる。そして鷹政の正体が判明！　父親の借金のかたに売られそうになった凛を自邸に連れ帰った鷹政は、これでもかというくらい凛を溺愛し…!?　元号旦那様シリーズ第２弾！

ISBN 978-4-8137-1045-5／定価：本体650円＋税

『身ごもり婚約破棄しましたが、エリート弁護士に赤ちゃんごと愛されています』　砂川雨路・著

弁護士の修二と婚約中だった陽鞠は、ある理由で結婚目前に別れを決意。しかしその時、陽鞠は修二の子どもを身ごもっていて…。ひとりで出産した娘・まりあが2歳になった冬、修二から急に連絡がきて動揺する陽鞠。意を決して修二に会いに行くと、熱い視線で組み敷かれた上に、復縁を迫られて…!?

ISBN 978-4-8137-1046-2／定価：本体650円＋税

ベリーズ文庫 2021年3月発売予定

Now Printing

『そして傲慢御曹司は愛を知る』 橘樹(たちばな) 杏(あんず)・著

ウブなOL・愛は亡き父の形見を取り戻そうと大手物産会社会長宅に侵入すると…。御曹司の雅臣に見つかり、「取り戻したいなら俺と結婚しろ」といきなり求婚され!? 突然のことに驚くも、翌日から「新妻修業」と題した同居が始まる。愛のない結婚だと思っていたのに、溺愛猛攻が始まって…!?

ISBN 978-4-8137-1059-2／予価600円＋税

Now Printing

『夫婦未満』 高田(たかだ)ちさき・著

シングルマザーの瑠衣は、3年前に医師の翔平との子を身ごもったが、渡米を控えていた彼の負担になりたくないと黙って別れを決めた。しかしある日、翔平が瑠衣と息子の前に突然現れる。「二度と離さない。三人で暮らそう」——その日から空白の時間を取り戻すかのような翔平の溺愛猛攻が始まって…!?

ISBN 978-4-8137-1056-1／予価600円＋税

Now Printing

『シトラスの甘い罠』 皐月(さつき)なおみ・著

恋愛経験ゼロの超真面目OL・晴香は、ある日突然、御曹司で社長の孝也から契約結婚を持ちかけられる。お互いの利益のためと割り切って結婚生活を始めると、クールで紳士な孝也がオスの色気と欲望全開で迫ってきて…。「本物の夫婦になろう」——一途に溺愛される日々に晴香は身も心も絡めとられていき…!?

ISBN 978-4-8137-1057-8／予価600円＋税

Now Printing

『元号旦那様シリーズ平成編』 若菜(わかな)モモ・著

恋愛経験ゼロの銀行員・明日香は父にお見合いを強いられ困っていた。そこで、以前ある事で助けられた不動産会社の御曹司・円城寺に恋人のフリを依頼。偶然にも円城寺と利害が一致し契約結婚することに!? 心を伴わない結婚生活だったはずが、次第に彼の愛を感じるようになり…。元号旦那様シリーズ第3弾!

ISBN 978-4-8137-1058-5／予価600円＋税

Now Printing

『紳士な社長のまっすぐな求愛』 鈴(すず)ゆりこ・著

美人だが地味な秘書・桃子は、友人にセッティングされた男性との食事の場に仕事で行けなくなった。そこに上司である社長・大鷹が現れディナーに誘われて…!? お酒の勢いでそのまま社長と一夜を共にしてしまった桃子。身分差を感じ、なかったことにしようとするが社長から注がれる溺愛で心が揺れ始め…。

ISBN 978-4-8137-1059-2／予価600円＋税

タイトル、価格等は変更になることがございますのでご了承ください。

ベリーズ文庫 2021年3月発売予定

Now Printing

『この結婚、記憶にございません。』 真彩(まあや)-mahya-・著

箱入りで恋愛経験ゼロの萌奈。ある日、勤務先の御曹司・景虎が萌奈を訪ねてくるが、なんと彼は夫を名乗り…!? 知らない間に二人が結婚していたことを告げられ、思いがけず始まった新婚生活。そして普段はクールな景虎の過保護で甘い溺愛に翻弄される萌奈だが、景虎からは初夜のやり直しを所望され…。

ISBN 978-4-8137-1060-8／予価600円＋税

『男装して冷徹な獣人皇帝の近習になったら、溺愛が待っていました』 友野紅子(とものこうこ)・著

Now Printing

没落寸前の男爵家令嬢に転生したヴィヴィアンは、家名存続のため男装して冷徹と恐れられる白虎獣人の皇帝・マクシミリアンに仕える。意外にも過保護で甘く接近してくる彼に胸が高鳴るヴィヴィアンだったが、ある日正体がバレてしまい…!? 彼の沸き起こる獣としての求愛本能に歯止めが利かなくなって…。

ISBN 978-4-8137-1061-5／予価600円＋税

タイトル、価格等は変更になることがございますのでご了承ください。